심생전
그리움에 사무쳐 죽음으로 하소연한 사랑

27 이옥의 한문 소설

심생전

그리움에 사무쳐 죽음으로 하소연한 사랑

전국국어교사모임 기획·정환국 글·강혜진 그림

Humanist

'국어시간에 고전읽기' 시리즈를 펴내며

고전을 읽어야 한다는 가르침은 어릴 때부터 귀가 따가울 만큼 들었다. 그러나 몸소 이를 따르는 사람은 흔치 않다. 종종 고전을 가까이하는 사람들이 있는데 이들은 대체로 삶을 헛되이 보내지 않고 훌륭한 일을 이루어 세상에 뚜렷한 이름을 남겼다. 고전 안에 그만큼 값진 속살이 들어 있기 때문이다.

고전이 이처럼 깊은 가치를 지녔는데 어째서 고전을 읽는 사람은 흔치 않을까? 아마도 고전이 사람을 쉽게 끌어당겨 주지 않기 때문일 것이다. 고전은 우리에게 섣불리 손짓을 하지도, 눈웃음을 치지도 않는다. 고전은 끈기를 가지고 파고들어 오는 사람에게만 마지못한 듯이 웃음을 지으며 속내를 털어놓는다. 고전은 요즘보다 훨씬 무뚝뚝하던 옛날에 이루어진 삶이며 글이기 때문이다.

그래서 우리는 청소년들이 고전을 즐겨 읽을 수 있도록 마음을 다했다. 뻣뻣하고 까칠한 고전을 달래서, 부드럽고 친절하게 청소년을 끌어당기도록 손을 쓰고 공을 들였다. 멋없이 무뚝뚝하던 고전을 정성껏 매만져서 두 팔을 활짝 벌리고 청소년들을 끌어안을 수 있도록 탈바꿈했다.

고전은 이제 온전히 겉모습을 바꾸어 청소년들을 맞이할 것이다. 자칫 속살까지 탈바꿈한 것처럼 보일지 몰라도 책을 읽다 보면 예스러운 고전의 맛과 멋을 한껏 느낄 수 있을 것이다. 우리는 무엇보다도 고전이 고전다운 속내와 뼈대를 온전하게 지니도록 하는 데 힘을 쏟았다.

고전은 시공간을 뛰어넘고, 나라와 겨레를 뛰어넘어 세상 모든 사람에게 큰 울림을 준다. 《시경》, 《탈무드》, 《오디세이아》, 셰익스피어와 괴테의 작품이 세상 모든 이에게 가르침을 주듯이, 우리의 고전도 모든 이에게 값진 가르침을 줄 것이다. 가르침이 서로 다르기는 하지만 높낮이가 있는 것은 아니다. 그러므로 세상 고전을 두루 읽어야 하는 것이나, 우리는 우리네 고전부터 읽는 것이 마땅한 차례다.

이런 뜻으로 전국국어교사모임에서 '국어시간에 고전읽기' 시리즈를 펴낸 지 십 년이 되었다. 누구나 두루 즐기며 읽을 수 있도록 쉽게 풀어 쓰고 맛깔나고 재미있는 작품으로 재창조하려고 무던히도 애썼다. 다행히도 많은 독자로부터 분에 넘치는 사랑을 받았고, 우리 고전을 가까이하고 즐기는 청소년들이 많이 늘어 고마울 따름이다.

지난 십 년처럼 묵묵하게 이 시리즈를 이어 갈 생각으로 첫 마음을 되새기며 글과 그림을 더하고 고쳐 좀 더 새로운 얼굴의 우리 고전을 세상에 다시 내놓으려 한다. 이 책을 통해 우리 청소년들이 풍성하고 가치 있는 고전의 바다에 풍덩 빠질 수 있기를 기대해 본다.

2012년 11월
전국국어교사모임

이 책을 읽기 전에

이 책은 18세기 후반에서 19세기 초반까지 살다 간 이옥(1760~1815)이란 작가의 인물전을 모은 것입니다. 이옥은 〈양반전〉으로 유명한 연암 박지원보다는 한 세대 뒤이고, 《목민심서》로 잘 알려진 다산 정약용과는 같은 시대를 살았던 인물입니다. 특히 그는 소품 작가로 알려져 있습니다. 소품이라 하니 생소하지요? 소품(小品)은 '작은 규격의 글' 정도의 의미이며, 18세기부터 유행하기 시작했습니다. 그전까지는 격을 갖춘 고아한 글을 높이 쳤기 때문에 문인들은 그런 글들을 써 왔습니다. 그런데 이때부터 형식이나 소재에 얽매이지 않고 자유롭게 글을 쓰기 시작한 것입니다. 이런 자유로운 글쓰기는 문인들에게 상당히 매혹적이었던지 한때의 유행이 되었습니다. 잘 알다시피 조선 시대는 유교 사회입니다. 그런데 이런 글쓰기는 유교 사회에서 요구되는 법과 질서에 어긋나는 것이었습니다. 이때 왕이 정조였는데, 그는 그 심각성을 인지하고 문인들에게 소품문을 쓰지 못하도록 엄명을 내립니다. 이 사건을 역사적인 용어로 '문체반정'이라고 합니다. 문체를 다시 바른 데로 돌린다는 뜻이지요.

　이러한 정조의 문체반정에 작가 이옥이 걸려들었습니다. 당시 가장 대표적인 소품 작가였기 때문이지요. 그래서 이옥은 귀양살이를 다녀오게 됩니다. 하지만 이후에도 그는 소품 쓰기를 그만두지 않았습니다. 그는 벼슬살이에 대한 희망을 버리고 자신의 시선으로 본 인물과 사물을 글로 표현했습니다. 이 책에 실린 일곱 작품은 그 가운데 일부입니다. 청춘남녀의 사랑이나 산골의 효성스러운 며느리, 궁녀와 기녀, 심지어 사기꾼까지 입전했습니다. 여기서 흥미로운 점은 입전된 인물들을 선악으로 분류하기 어렵다는 것입니다. 유교 이념에서 볼 때, 입전하는 인물은 기본적으로 선량해야 하며 나라와 가정에 뚜렷한 공헌을 한 경우라야 합니다. 그런데 여기 나오는 인물들은 그렇지 않습니다. 대부분 중하층에 속하면서 자신늘이 처한 현실이나 그들의 의지에 따라 나름의 선택을 함으로써 삶을 모색한 경우들입니다. 말하자면 실제 조선 후기 사회에서 좀 남다른 모습을 보인 인물을 있는 그대로 보여주려고 한 것입니다. 그러니 여러분도 어떤 선입견 없이 해당 인물들과 대면해 보기 바랍니다. 그 속에서 조선 사회의 변화된 면모를 자연스레 느낄 수 있을 것입니다.

　원래 여기 수록한 모든 작품은 한문으로 쓰인 것입니다. 이를 우리말로 옮긴 것인데, 한문의 특성상 우리말로 옮기는 과정에서 약간의 의미 차이가 생길 수도 있습니다. 그럼에도 최대한 원문의 의미를 살리려고 했습니다. 이 점을 감안하면서 읽어 보는 것도 또 다른 재미라 생각됩니다. 모쪼록 조선 후기 사회의 사람들 모습을 이 책 속에서 잘 경험해 보기 바랍니다.

2019년 8월

정환국

차례

덩굴이 외람되게 높은 소나무에 붙었으나

이제 희망이 없어지고 말았네요

바라건대 낭군님께서는 천한 저를 염두에 두지 말고

청운의 꿈을 이루세요

심생전
(沈生傳)

심생과 여인의
애절한 사랑

심생은 서울의 이름난 집안 출신이다. 약관의 나이에 외모가 준수한
데다 풍치도 넘쳐났다. 한번은 운종가에서 임금이 나들이하는 행렬을
구경하게 되었다. 그러다 돌아오던 길에, 한 처자를 자주색 명주 쓰개
로 덮어씌워 업고 가는 건장한 계집종과 마주치게 되었다. 다른 한 계
집종은 붉은 비단신을 들고 뒤따르고 있었다. 업혀 있는 이의 체구를
살펴보니 어린아이는 아니었다. 심생은 급기야 바짝 붙어 뒤를 쫓다 보
니 꽁무니를 밟을 정도였다. 소매가 서로 스치기도 하였다. 심생은 잠

- **풍치**(風致) 격에 맞는 멋.
- **운종가**(雲從街) 지금의 종로 거리. 많은 사람이 구름처럼 모였다 흩어진다는 뜻에서 붙여진 명칭. 조선 시
  대에 육의전 등 시장이 발달한 도성의 상업 중심지였다.

시도 쓰개에서 눈을 떼지 못하였다. 소광통교에 이를 즈음, 갑자기 그 앞에서 돌개바람이 불어 자주색 쓰개가 반쯤 걷혀 올라갔다. 순간 업혀 있는 처자가 눈에 들어왔다. 복숭앗빛 뺨과 버들잎 눈썹에 초록 저고리와 다홍치마를 입었으며, 연지와 분으로 곱게 화장한 얼굴은 얼핏 보아서도 절세미인이었다.

● **소광통교**(小廣通橋) 종로 네거리와 을지로 사이 청계천에 있던 다리. 지위가 높은 벼슬아치들이 다니는 광통교(대광통교 또는 광교)와 일반 사람들이 다니는 소광통교로 구분했다.

처자도 쓰개 속에서 어렴풋이 이 미소년을 보고 있던 참이었다. 심생은 쪽빛 옷을 입고 초립을 쓴 채 왼편 오른편을 왔다 갔다 하면서 계속 눈길을 보내고 있었던 것이다. 쓰개가 막 벗겨진 뒤 버들 같은 눈과 별 같은 눈동자가 서로 마주쳤다. 처자는 놀라며 부끄러워 쓰개를 다시 뒤집어쓰고 가 버렸다. 이제 심생은 그녀를 도저히 포기할 수 없었다. 곧장 뒤쫓다 보니 소공주동 홍살문 안에까지 이르렀다. 거기서 처자는 어느 중문(中門) 안으로 들어가 버렸다.

심생은 뭔가 잃어버린 듯 멍한 상태로 한참을 서성였다. 그러다가 이웃집 할멈을 만나 그녀에 대해 세세하게 캐물었다. 그랬더니, 들어간 집은 호조에서 계사로 있다가 은퇴한 이가 주인이며, 그녀는 이 주인의 열예닐곱 살 된 딸로 아직 시집을 가지 않았다고 하였다. 그녀의 거처를 묻자 할멈은 손으로 한 곳을 가리켰다.

"저 조그만 네거리를 돌면 회칠한 담장이 나온다오. 그 담장 안의 한 곁방에 그 아이가 거처하고 있고."

그녀를 도저히 잊을 수가 없었던 심생은 저녁이 되자 집안 식구에게 거짓말로 꾸며 댔다.

"동창 아무개가 저와 함께 밤을 새우자고 하는군요. 오늘 밤 가 봤으

- **초립(草笠)** 관례를 치른 젊은 남자가 쓰던 갓.
- **소공주동(小公主洞)** 현재 중구 소공동 일대. 소광통교를 지나 남대문 방향으로 내려가면 이르게 된다.
- **홍살문(紅-門)** 왕족의 무덤, 왕족이나 조상의 위패를 모신 사당, 대궐, 관아 같은 곳의 정면에 세우는 붉은 칠을 한 문. 둥근기둥 두 개를 세우고 지붕 없이 붉은 살을 세워서 죽 박는다.
- **계사(計士)** 호조(戶曹)에 속해 문서나 회계 등을 담당하던 기술직. 전통적으로 중인 출신이 이 직을 맡았다.

면 해요."

심생은 인정이 되기를 기다렸다가 그녀의 집으로 가 담장을 넘어 들어갔다. 때는 초승달이 어슴푸레 비추고 있었다. 창밖으론 꽃과 나무가 썩 아담하게 꾸며져 있었다. 등불이 창호지에 비쳐 주변이 퍽 환하였다. 그는 벽을 등진 채 처마 밑에 기대앉아서 숨을 죽이고 기다렸다.

방 안에는 몸종 둘이 있었다. 처자는 나지막한 소리로 언문 소설을 읽는 중이었다. 그 소리가 어린 꾀꼬리 울음소리처럼 낭랑하였다. 삼경쯤이 되자 몸종은 벌써 잠에 곯아떨어졌고, 처자는 그제야 등불을 끄고 잠자리에 들었다. 하지만 한참 동안 잠을 못 이룬 채 뒤척이며 뭔가 생각하는 것 같았다. 심생이야 잠이 올 리가 있겠는가? 그렇다고 소리를 낼 수도 없었다. 그대로 있다가 새벽종이 울리고서야 다시 담을 기듯 넘어 나왔다.

이때부터 심생에게는 이것이 일과가 되어, 저물면 갔다가 새벽이면 돌아오곤 하였다. 이렇게 하기를 스무날이 되었어도 한 번도 빠뜨리거나 지체한 적이 없었다. 그녀는 저녁에는 소설책을 읽거나 아니면 바느질을 하였다. 한밤중이 되어야 등불을 껐는데, 바로 잠이 들기도 하고 어떨 때는 시름에 겨워 잠을 못 이루었다. 예닐곱 날이 지났을 때는 갑자기 몸이 편치 못하다며 초저녁인데도 베개를 베고 누웠다. 손으로 벽을 자주 치면서 긴 한숨에 짧은 탄식이 이어졌다. 그 소리와 숨결이 창밖에까지 들려왔다. 하루 저녁 하루 저녁 갈수록 더해만 갔다.

스무날이 되는 밤, 그녀는 홀연 대청 뒤로 나와서는 담벼락을 돌아 심생이 앉아 기다리고 있는 곳으로 찾아왔다. 깜깜한 어둠 속에서 심생은 벌떡 일어나 그녀를 붙잡았다. 하지만 그녀는 조금도 놀라지 않고 낮은 소리로 말하였다.

"도련님은 소광통교에서 만난 분이 아니세요? 저는 도련님이 찾아오는 걸 안 지가 벌써 스무날 밤이랍니다. 저를 붙잡지 마세요. 당신은 제가 한 번만 소리를 질러도 다시는 여길 나가지 못할 거예요. 저를 놓아주면 뒷문을 열고 맞이할게요. 어서 놓아주세요!"

심생은 이 말을 곧이듣고 뒤로 물러나 기다리기로 하였다. 그녀는 다시 뒤로 돌아서 안으로 들어가 몸종을 불렀다.

"너는 어머니한테 가서 큰 자물쇠 하나를 주시라고 하여 가져오거라. 밤이 너무 깜깜해 겁이 나서 그러니……."

몸종이 윗방 마루로 건너가서 금방 자물쇠를 들고 왔다. 그녀는 열어 주기로 약속한 뒷문에다 자물쇠를 단단하게 걸어 버렸다. 열쇠를 들어 채우면서 일부러 '찰칵' 하고 걸리는 소리를 냈다. 그러더니 바로 등불을 껐다. 고요하니 잠이 깊이 든 듯하였다. 하지만 실은 잠을 이루지 못하고 있었다. 심생은 속은 것에 분통이 일었으나 그나마 한 번 만나 본 것만이라도 다행이다 싶었다. 자물쇠가 채워진 뒷문 밖에서 밤을 새우고 새벽에야 돌아갔다.

- **인정**(人定) 밤에 통행을 금지하던 제도. 서울의 경우 매일 밤 10시경에 종각에서 종을 쳐 통행금지를 알리고 성문을 닫았다가 다음 날 새벽 4시 전후에 이를 풀었다.
- **언문 소설**(諺文小說) 한글로 쓰인 소설. 조선 후기에는 여성들이 거처하는 규방에서 한글 소설을 많이 읽고 베껴 써서 유행하게 되었다.
- **삼경**(三更) 하룻밤(저녁 7시에서 새벽 5시)을 오경(五更)으로 나눈 셋째 부분. 밤 11시에서 새벽 1시 사이.

그는 다음 날에도 가고, 그다음 날에도 또 갔다. 뒷방 자물쇠가 채워져 있었지만 전혀 개의치 않았다. 비가 내리는 날이면 비옷을 뒤집어쓰고 갔다. 젖는 걸 마다하지 않은 것이다. 이렇게 다시 열흘이 지났다. 한밤중이 되자 그 집안사람들은 모두 잠이 깊이 들었고, 그녀도 등불을 끈 지 꽤 되었다. 그런데 갑자기 그녀가 일어나더니 몸종을 불러 불을 켜라고 재촉하였다.

"너희는 오늘 밤 윗방으로 가서 자거라!"

두 몸종이 방을 나가자 그녀는 벽에 걸린 쇳대로 자물쇠를 따고 뒷문을 활짝 열고서 심생을 불렀다.

"도련님, 안으로 들어오세요."

심생은 다른 걸 따질 거룰도 없이 저도 모르게 몸이 벌써 방에 들어갔다. 그녀는 다시 뒷문을 걸었다.

"도련님, 잠깐 앉아 계세요."

마침내 그녀는 윗방으로 가서 부모님을 모시고 왔다. 방으로 온 부모는 심생을 보고 깜짝 놀랐다.

"놀라지 마시고 제 말을 들어 보세요. 제 나이 열일곱으로 아직껏 문밖을 나가지 못하였지요. 그러다가 지난달 우연히 임금님의 행차를 구경하고 돌아오던 길에 소광통교에서 덮어쓴 쓰개가 바람에 날려 걷힌 일이 있었어요. 그때 마침 초립을 쓴 여기 계신 도련님과 얼굴이 마주쳤어요. 그날 밤부터 저 도련님이 밤마다 찾아와 뒷방 아래에서 몰래 기다리기를 벌써 한 달이 되었네요. 비가 내려도 오고 날이 추워도 오고, 제가 문에 자물쇠를 채워 거절해도 오지 않겠어요? 저도 생각을 한 지 오래랍니다. 만일 소문이 밖으로 퍼져 동네 사람들이 알게되면, 밤에 들어왔다가 새벽에 나가는 걸 두고 누가 도련님 혼자 창밖에서 있다가 가는 줄 알겠어요? 분명 실재하지 않은 일로 오명을 쓰게될 게 뻔합니다. 저는 틀림없이 개에게 물린 꿩의 신세가 되고 말 거예요. 저분은 양반가 도령으로 바야흐로 청춘이라 혈기를 아직 누르지 못하는군요. 다만 벌과 나비가 꽃을 탐낼 줄만 알고, 나중에 바람과 이슬에 대한 걱정을 하지 않네요. 이제 얼마 지나지 않으면 병이 나지 않겠어요? 병이 들면 아마도 일어나지 못하게 될 거예요. 그렇게 되면 제가 죽이지 않았어도 제가 죽인 셈이지요. 설사 남들이 이 사실을모른다 하더라도 분명 응보를 받겠지요. 게다가 저는 일개 중인 집 딸에 불과하잖아요. 제가 무슨 세상에 없는 경국지색이라고 도련님은 솔개를 보고 매로 여기시어 제게 이리도 쉬지 않고 정성을 바치네요. 이런데도 제가 도련님을 따르지 않으면 하늘도 필시 저를 미워하여 복을내리지 않을 거예요. 이제 제 마음은 정해졌어요! 바라건대 부모님께서는 근심하지 마세요.

아! 저는 부모님께서 연로하고 동기간도 없기에 시집가게 되면 데릴사위를 맞을 계획이었지요. 그래서 살아 계실 때 봉양을 다하고 돌아가신 뒤엔 제사라도 올릴 수 있다면 제 바람은 충분하였답니다. 한데뜻밖에 일이 이리되었네요. 이는 하늘의 뜻이라 말해 무엇 하겠어요?"

부모는 이 말에 멍하니 할 말을 잃었다. 심생도 무슨 말을 할 수 있었으랴. 마침내 둘은 동침을 하게 되었다. 애타게 그리던 나머지라 그 기쁜 마음이야 미루어 짐작할 만하였다. 이날 밤 처음 그녀의 방으로 들어간 뒤로 심생은 날이면 날마다 저물녘에 갔다가 새벽이면 돌아갔다.

한편, 그녀의 집은 원래 잘살았다. 그래서 심생을 위하여 좋은 옷을 잔뜩 마련해 주었다. 하지만 그는 자기 집에서 이상하게 볼까 봐 쉬이 입지 못하였다. 심생이 이렇게 숨기며 조심조심하였으나 그의 집에서는 수상하게 여겼다. 밖에서 자는가 하면, 한참 동안 돌아오지 않기도 하였기 때문이다. 마지못해 집에서는 심생보고 과거 공부를 하라 하며 강제로 산사(山寺)에 보내 버렸다. 심생은 속으로 원망스럽기 짝이 없으나 집안의 압력을 못 이기고 벗들에게 이끌려 책을 싸 들고 북한산성에 있는 산사로 올라가야 하였다.

산사의 선방에 머문 지 근 한 달이 되어 갈 즈음, 누군가가 그녀가 보낸 한글 편지를 전해 주었다. 편지를 뜯어 보니 영영 이별을 알리는 유서였다. 그녀는 이미 죽은 것이었다. 그 내용은 대강 이러하였다.

봄추위가 아직 여전한데 산사에서 글공부하느라 몸은 평안한지요? 늘 마음으로 그리워한지라 잊을 날이 없답니다. 저는 낭군님이 떠난 뒤로 우연히 병을 얻었다가 점점 악화되어 무슨 약을 써도 듣지 않네요. 분명 이제 죽게 될 운명인가 봐요. 이 박명한 사람이야 살아 본들 뭣 하겠어요? 그래도 세 가지 큰 한이 마음속에 맺혀 죽어도 눈을 감지 못하겠군요.

저는 본래 무남독녀로 부모님의 사랑을 한 몸에 받았지요. 부모님은 나중에 데릴사위를 구하여 늘그막에 의지하고 또 집안의 뒷일을 맡길 계획이었어요. 하지만 생각지 않게 좋은 일에 마가 끼듯이 악연이 얽히고 말았네요. 덩굴이 외람되게 높은 소나무에 붙었으나 저희 집안 사이의 혼인은 이제 희망이 없어지고 말았네요. 이는 제가 아무 낙이 없이 시름하다가 병으로 죽게 된 까닭입니다. 저 윗방의 늙으신 부모님도 영영 의지할 곳을 잃었으니 이것이 첫 번째 한이랍니다.

여자가 출가하면 문에 기대어 손님을 맞는 기생의 몸이 아닌 다음에야 종년이라도 남편이 있고 또 시부모가 있겠지요. 세상에 시부모가 모르는 며느리가 있을 수 있겠어요? 하지만 저는 남에게 속은 것처럼 몇 달이 지나도록 낭군님 댁 늙은 여자 종 하나도 보지 못하였지요. 살아서 부정하다는 입방아에 오르게 되었고, 죽어서도 돌아갈 곳 없는 귀신이 되었으니 이것이 두 번째 한이랍니다.

부인이 남편을 대할 때 음식을 장만하여 이바지하고 옷을 지어 받드는 일만 한 게 있겠어요? 그런데 낭군님을 만난 이후 세월이 적지 않게 흘렀고 제가 직접 지은 옷도 적지 않은데, 밥 한 그릇도 집에서 자시게 하지 못하였고, 한 벌 옷도 입혀 드리지 못하였지요. 낭군님을 모신 거라곤 다만 이부자리에서뿐이었네요. 이것이 세 번째 한이랍니다.

게다가 상봉한 지 얼마 되지 않아서 한순간 큰 이별을 하였고, 병으로 몸져누워 죽게 되었는데도 얼굴도 보지 못한 채 영별하게 되었네요. 이런 아녀자의 슬픔이야 어찌 낭군님에게 말할 만한 것이겠어요? 생각이 여기에 미치니 창자는 이미 끊어지고 뼈는 다 녹으려 합니다. 비록 연약한 풀이 바람에 꺾이고 시든 꽃잎이 진흙이 된다 한들 끝없는 이 한은 언제 끝날는지요?

아! 창문 사이로의 만남은 이제 끝나고 말았어요. 바라건대 낭군님께서는 천한 저를 염두에 두지 말고 글공부에 더욱 힘써서 하루빨리 청운의 꿈을 이루세요. 옥체를 내내 보중하기를 천 번 만 번 빌게요.

---

* **선방(禪房)** 절에서 불도를 닦는 용도로 만든 방.
* **덩굴이 외람되게 높은 소나무에 붙다** 신분이나 지위가 낮은 사람이 높은 사람과 혼인하다.

심생은 편지를 읽고는 흐느끼며 울었다. 통곡을 하여 본들 이미 어쩔 수 없는 일이었다. 그는 뒤에 붓을 내던지고 무관직에 종사하여 벼슬이 금오랑이 되었다. 그러나 그도 일찍 죽고 말았다.

매화외사는 말한다.

"내가 열두 살 때 시골 서당을 다니고 있었는데, 매일 동학(同學) 아이들과 옛날이야기를 즐겨 듣곤 하였다. 어느 날 훈장님이 이 심생의 일을 자세히 이야기해 주셨다. 그러면서 '심생은 나의 소년 시절 동창이다. 그가 절에서 편지를 받고 통곡할 때 나도 보았더니라. 그래서 이 이야기를 듣고 지금까지 잊지 않았단다.' 하셨다. 또 이런 말씀도 하셨다. '내 너희가 이 풍류 소년을 본받으라는 게 아니다. 사람이 어떤 일이든 정말로 반드시 이루겠다는 뜻을 가지면 이렇게 규방의 처자도 감동시킬 수 있거늘, 하물며 문장이나 과거야 왜 안 되겠느냐?' 우리는 그 당시 듣고 새로운 이야기라 느꼈다. 뒤에 《정사》를 읽어 보니 이와 비슷한 이야기가 많았다."

- **청운(靑雲)의 꿈** 입신출세하려는 희망. '청운'은 높은 지위나 벼슬을 비유적으로 이르는 말이다.
- **금오랑(金吾郎)** '금오(의금부)의 낭관'이란 뜻으로, 조선 시대 의금부에 딸린 무관 벼슬.
- **매화외사(梅花外史)** 이 글의 작자인 이옥의 호. '외사(外史)'는 곁 역사를 기록한다는 의미이다. 선비들은 자신이 또 다른 역사를 기록한다는 취지로 이런 호를 쓰곤 했다. 실제 이옥은 다음 작품에서는 '외사씨'라고 칭하고 있다.
- **《정사(情史)》** 17세기 중국 명나라의 풍몽룡이 정리한 책. 남녀 간의 정을 다룬 역대 작품들을 주제별로 선별해 자신의 견해를 담아 수록했다. 그 내용이 많고 다양해 조선 후기 문인들에게 많이 읽혔다.

통념을 넘어 자유의지로

〈심생전〉은 청년 심생과 아리따운 처자와의 만남과 사랑, 그리고 그들의 죽음을 다룬 이야기입니다. 그러나 우리가 고전소설에서 익숙하게 보아 왔던 '남녀 간의 결연'과는 좀 다른 양상을 보입니다. 신분을 넘어선 사랑인 데다가 당사자들의 의지로 만남과 사랑을 이루어 나가고 있기 때문입니다. 둘의 사랑은 죽음으로 인해 끝내 이루어지지 않았지만, 마치 그 죽음이 당시 통념과 제도에 대한 저항처럼 느껴지기도 합니다. 그렇다면 당시 남녀의 사랑에 대해 좀 더 자세히 들여다볼까요?

18세기 후반, 연애의 풍경

〈심생전〉을 읽다 보면 서울 한복판에서 벌어진 청춘 남녀의 과감한 사랑놀이에 약간 당혹스러울 수도 있을 겁니다. 조선 시대, 아니 근대 이전 남녀의 사랑과 결혼이 지금과는 달랐을 거라는 점은 짐작이 가요? 과거의 결혼은 집안과 집안 사이의 논의를 거쳐 이루어졌으며, 그 사이에는 '매파'라고 불리는 중매쟁이가 있어 양가의 의견을 전하는 역할을 했습니다. 따라서 그때는 청춘 남녀가 자신들의 의지로 서로 만나고 사랑하고 결혼까지 하는 것은 있을 수 없는 일이었습니다.

그렇기는 하지만 모든 남녀의 결혼 과정이 이렇지만은 않았습니다. 특히 평민들은 꼭 이런 방식에 얽매일 필요가 없었고, 자신들의 의지에 따라 결혼을 하기도 했습니다. 이런 양상은 조선 후기에 더 활발해졌던 것으로 보입니다. 18세기 후반, 그러니까 〈심생전〉이 창작된 즈음, 풍속화가로 유명한 신윤복(1758~1814)은 〈월하정인(月下情人, 달빛 아래 사랑하는 임을 만나다)〉이라는 그림을 그렸습니다. 이 작품은 달이 뜬 밤에 청춘 남녀가 밀회

신윤복, 〈월하정인〉

를 즐기는 장면을 흥미진진하게 묘사하고 있습니다. 그 분위기가 〈심생전〉과 무척 닮았습니다.

이처럼 당시 남녀의 연애 모습이 이야기와 그림에 생생하게 드러나 있습니다. 이는 우리가 알고 있는 통념을 깨는 사례라 할 수 있습니다. 따지고 보면 청춘 남녀의 사랑은 동서양을 막론하고, 또 시대를 뛰어넘어 가장 보편적인 풍경 가운데 하나가 아닐까요?

양반과 중인, 여전히 먼 결합

〈심생전〉에서는 처자가 병으로 죽고, 얼마 후 심생도 죽음으로써 이들이 사랑은 비극적으로 끝납니다. 왜 이렇게 되었을까요? 남녀 간의 사랑이야 지금도 만나고 헤어짐이 많고, 심지어 사랑하는 마음을 잊지 못해 극단적인 선택을 하는 경우도 있습니다. 그만큼 사랑은 절대적인 인간관계를 상징하기도 하지요. 그러니 저들의 사랑과 이별도 별반 다르지 않아 보입니다.

그런데 심생과 처자의 만남은 애초 '잘못된 만남'이었습니다. 심생은 양반 자제이고, 처자는 부잣집 딸이기는 하나 중인입니다. 주로 역관이나 의원 등이 조선 후기 중인 계층을 형성하고 있었는데, 이들 중에는 전문직에 종사함으로써 재력을 갖춘 경우가 적지 않았습니다. 처자가 심생을 받아들이지 못하고 고심을 거듭한 것은 바로 신분이 다르기 때문이었습니다. 사실상 이들의 결연은 불가능한 것이었지요. 심생의 줄기찬 노력으로 한때 사랑을 나누기도 하지만, 끝내 이들은 헤어져야 할 운명이었답니다.

서울에 거주하는 중인들은 양반 가문과 유대 관계를 형성했으며, 경제력을 기반으로 동호회를 결성해 삼청동이나 북악산 등 경치가 빼어난 서울의 명소에서 시회(詩會)를 열기도 했다. 특히 이들의 글을 '중인 문학'이라 하여 사대부 문학과 구별하고 있다.

협효부전
(峽孝婦傳)

어느 산골
효부와 호랑이

어느 산골에 한 아낙이 있었다. 그녀의 남편은 일찍 죽었다. 집이 깊은 산속에 있어 주변에는 아무 이웃도 없었다. 시어머니는 늙고 병든 데 다 눈마저 멀었는데, 그녀 외에는 달리 보살펴 줄 사람도 없었다. 아낙 은 시어머니를 잘 섬겨 하루도 그 곁을 떠나지 않았다. 친정집이 30리 되는 곳에 있었지만, 과부가 된 뒤로는 아예 가지 않았다.

어느 날, 그녀의 아버지가 모친이 병을 앓고 있다는 소식을 전해 왔 다. 어쩔 수 없이 그녀는 죽 한 동이를 쑤어 놓고 시어머니께 말씀드 렸다.

"죽을 잘 잡숫고 계시면 제가 저녁에 돌아오겠습니다. 친정어머니 병 환이 위중하더라도 내일까지는 꼭 돌아오겠습니다. 죽은 동이에 있고, 화로에 불도 있으니 잘 데워 드세요."

친정집에 당도하니 그녀의 어머니는 아무 탈이 없었다. 아버지가 속였던 것이다. 아버지는 그녀에게 윽박질렀다.

"너는 아직 젊다. 어째 네가 눈먼 노파의 종노릇으로만 살겠느냐? 우리 집에 잠시 머물고 있는 장사꾼이 있는데, 용모가 반듯하고 재산도 좀 있는 것 같더구나. 네가 오기를 기다려 함께 떠나려고 한단다. 너는 돌아가지 말고 그 사람을 따라가거라. 만일 그렇게 하지 않으면 너를 죽여 버릴 것이야."

이에 그녀도 아버지를 속여야 하였다.

"저도 역시 그런 생각을 가진 지 오래입니다. 얼마나 다행입니까? 다만 오래도록 화장을 하지 않아 새 손님을 볼 수 없으니, 조용한 방에서 단장을 할까 합니다."

딸의 말을 들은 부모는 기뻐하며 별실로 들여보냈다. 그녀는 이에 사람이 없는 틈을 엿보아 뒤쪽 사립문을 열고 울타리를 넘어 달아났다. 필시 자신을 뒤쫓으리라 생각하고 산골짝 샛길로 달려갔다.

날이 이미 저문 때였다. 난데없이 무늬가 선명한 큰 호랑이 한 마리가 길을 가로막았다. 그녀는 앞으로 다가서며 호랑이에게 말하였다.

"호랑아! 나는 과부인데 우리 친정 부모님이 나의 뜻을 저버린 채 다른 데로 시집을 보내려 하는구나. 죽는 거야 내 아까울 게 없다만, 집에 시어머니가 계셔서 하직 인사를 하지 않을 수 없구나. 그리하지 못하면 죽어도 눈을 감을 수 없을 것 같다. 제발 나에게 잠깐 시간을 주어 우리 집 앞에서 나를 잡아먹도록 하여라."

호랑이는 일어나 길을 비키고 그녀의 뒤를 따랐다. 이윽고 집에 도착하자, 그녀는 시어머니를 껴안고 흐느끼며 말하였다.

"제가 왔습니다. 그렇지만 이제 하직 인사를 드려야겠습니다."

그 이유를 말한 여인은 한참 울다가 당부 말씀을 드렸다.

"제가 어머님을 끝까지 봉양하지 못하는 것은 하늘의 명입니다. 바라옵건대 산 아래 마을로 가서 사셔요. 호랑이가 필시 지체한다고 여길 터이니, 저는 이만 가 보아야겠어요."

절을 올린 다음 문을 나서니, 호랑이는 뜰에 쭈그리고 앉아 있었다. 그녀가 말하였다.

"이미 하직 인사를 올렸으니 이제 아무 여한이 없구나. 이제 네 맘대로 하거라."

그러나 호랑이는 그렇게 하지 않겠다는 듯 머리를 흔들었다.

"네가 나를 불쌍히 여겨서 잡아먹지 않으려는 게냐?"

호랑이가 머리를 끄덕이는 모양을 하였다.

"아아, 어질구나 호랑아! 굶주리지 않았느냐?"

부엌에 들어가 죽을 가져다 먹이니, 호랑이는 꼬리를 흔들며 귀를 붙인 채 개처럼 핥아먹었다. 그녀는 호랑이 머리를 어루만지며 당부하였다.

"호랑아, 너는 과연 영물이로구나! 이제부터는 노루나 토끼만을 잡아먹고 사람 근처에는 가지 마라. 사람들이 함정을 놓아 너의 착한 뜻을 해칠까 걱정이구나."

호랑이는 죽을 다 먹더니 몇 번이나 뒤돌아보면서 갔다. 그녀는 다시 예전과 같이 시어머니를 봉양하고 있었다.

며칠이 지나 그녀의 꿈에 호랑이가 나타나 말하였다.

"전날 당부하신 말씀을 따르지 않아 지금 어떤 곳에서 함정에 빠졌습니다. 빨리 와서 구해 주세요."

여인이 놀라 꿈에서 깨어 알려 준 곳으로 가 보니 과연 호랑이가 함정에 빠져 있었다. 마을 사람들이 막 틀을 열고 죽이려는 즈음이었다. 그녀는 급히 자세한 사정을 말하고 놓아 달라고 빌었다. 그러나 마을 사람들은 허튼소리라고 여겨 그녀의 간청을 들어주려 하지 않았다. 그녀는 분을 못 참고 소리 질렀다.

"내가 살아난 건 호랑이의 은덕이오. 지금 호랑이가 죽게 되었는데 구하지 못하면 내가 살아서 무엇 하랴!"

마침내 함정으로 뛰어들었다. 호랑이는 눈을 흘기고 포효하며 사람들이 저를 노리는 것에 사나워져 있었다. 그녀가 뛰어 내려오자 갑자기 엎드려 슬픔을 이기지 못한 표정으로 눈물을 흘렸다. 그녀 역시 호랑이를 쓰다듬으며 울었다.

마을 사람들은 호랑이가 여인을 물지 않자 그제야 기이하게 여기고 사다리를 놓아 호랑이를 구해 주었다. 함정에서 빠져나온 호랑이는 곧장 도망치지 않고 여인이 뒤따라 나오기를 기다렸다. 여인이 나오자 그녀의 옷에 몸을 비비고 손을 핥기도 하였다. 마치 기르던 개가 주인을 반기듯이 하였다. 그녀는 다시 한번 호랑이를 타일러서 보내고, 마을 사람들에게 감사하다는 말을 남기고 돌아왔다.

이 뒤로부터 호랑이는 다시 산에서 내려오지 않았고, 그녀의 부모도 감히 다시 시집가라고 하지 않았다.

외사씨(外史氏)는 말한다.

"내가 일찍이 듣건대, 도성의 서쪽에 호랑이가 나타나 남의 예쁘장한 과부를 납치하여 갔다고 한다. 납치된 이의 치마와 띠는 울타리에 걸려 있고, 뒤꼍엔 피가 흘러 있어서 사람들이 모두 가엾게 여겼다. 그런데 그 뒤에 그 과부를 여관에서 본 사람이 있다고 한다. 이 또한 호랑이가 잡아먹지 않아서 그렇게 된 것일까? 아아, 호랑이가 어찌 사람을 잡아먹지 않는단 말인가?"

무섭거나 인간적이거나

〈협효부전〉은 어느 산골 아낙과 호랑이의 감동적인 모습을 그리고 있습니다. 호랑이와 관련된 이야기로 〈토끼와 호랑이〉, 〈해와 달이 된 오누이〉 같은 것이 있는데, 이들 이야기에서 호랑이는 한편으로는 우스꽝스럽고 한편으로는 사람을 잡아먹는 무서운 존재로 등장합니다. 또 호랑이는 전래동화에서 가장 자주 등장하는 동물인 만큼 우리의 전통과 떼려야 뗄 수 없는 존재입니다. 그렇다면 예로부터 호랑이는 인간에게 어떤 존재였으며, 우리 삶과 어떤 관계를 맺고 있는지 한번 살펴볼까요?

전염병만큼 무서운 존재

지금은 멸종 위기에 몰린 호랑이가 과거에는 우리 생활과 아주 밀접하게 연관되어 있었습니다. '호환(虎患) 마마(媽媽)보다 무섭다'는 말이 있습니다. 아주 무섭거나 두려운 대상을 이를 때 쓰는 표현인데, 호환이나 마마 역시 두려움의 대상이었음을 알 수 있습니다. 마마는 천연두라고 하는 돌림병입니다. 지금은 예방주사를 맞으면 거의 나타나지 않는 증상이지만, 의료 기술이 발달하지 않았던 과거에는 무서운 병 가운데 하나였습니다. 호환은 바로 호랑이로 인한 피해를 말합니다. 실제 한반도에 호랑이가 많이 살던 때는 사람이 물려 죽는 경우가 많았답니다. 그러니 사람들에게 호랑이는 두려울 수밖에 없는 존재였을 것입니다. 이 때문에 정치를 호랑이에게 빗대어 '가혹한 정치가 호랑이보다 무섭다'는 말도 생겨났습니다. 또 임금을 인간세계의 왕으로 여겨 인군(人君)이라 했듯이, 호랑이를 산속의 왕인 산군(山君)이라 칭하기도 했습니다.

반면, 호랑이를 우스꽝스럽게 등장시킨 이야기나 그림도 있습니다. 이는 아마도 무서운 존재를 희화화해 그 두려움을 없애려는 마음에서 비롯된 것이 아닐까 싶습니다.

인간의 마음을 헤아리는 존재

사람과 호랑이가 적대적인 관계인 이야기도 있

지만 서로 감응하는 이야기도 있습니다. 〈협효부전〉의 산골 여인은 정절과 개가라는 조선 후기 여성들의 녹록하지 않은 삶의 무게를 고스란히 안고 있습니다. 그녀는 남편이 일찍 죽은 과부인데, 이런 과부에게는 두 가지 선택이 있었을 뿐입니다. 하나는 죽은 남편을 따라 자신도 죽는 것입니다. 이 경우를 죽음으로 정절을 지켰다고 하여 '사열부'라 합니다. 또 다른 하나는 남겨진 자식을 키우고 시부모를 봉양하는 것입니다. 이를 살아서 정절을 지켰다고 하여 '생열부'라 했습니다. 이런 열부의 정점은 자식 교육과 부모 봉양을 다한 다음 남편을 따라 죽는 것이었습니다. 산골의 효부는 바로 생열부의 길을 가고 있었던 셈입니다. 지금의 관점에서 보면 너무 가혹하지 않나요? 어쨌든 당시에 개가하는 것은 꿈도 꿀 수 없는 일이었습니다.

이런 그녀에게 굶주린 호랑이가 나타났던 것인데, 호랑이는 시어머니를 끝까지 봉양하려는 그녀의 마음에 감동합니다. 그뿐 아니라 둘은 서로 유대 관계를 맺어 함정에 걸려 죽을 위기에 처한 호랑이를 여인이 살려 내기도 합니다. 현실적이지는 않지만, 이를 통해 그녀의 정성과 의지만큼은 더 강렬해지지 않았나요? 다만 우리가 여기서 확인해야 할 것은 이런 감동 소재가 자칫 특정한 목적에 활용될 위험성이 있다는 점입니다. 이를테면 여성의 정절을 강조하려고 이런 소재를 끌어오기도 한다는 것이지요.

수칙전
(守則傳)

자신을 꼭꼭
가둔 궁녀

외사씨는 말한다.

"눈은 분명 희며 옥보다 못한 것도 아닌데, 사람들은 옥만을 귀하게 여기고 눈은 그렇게 쳐주지 않는다. 옥은 희고도 오래갈 수 있기 때문이다. 《주역》에 이르기를, '항상 곧은 것이 이롭다.'라고 하였다."

외사씨는 또 말한다.

"사람에게 있어서 기운이 굳세면 남자가 되고 부드러우면 여자가 되는 법이다. 큰일을 처리하고 큰 절개를 지키는 데에는 마땅히 남자가 여자보다 나을 것이다. 그런데 옛 책을 두루 살펴보면, 부인으로서 늙어 죽을 때까지 자신을 지키는 이는 많고, 남자로서 힘겹게 평생토록 절조를 지키는 이는 세상에 드묾을 알 수 있다. 이것은 어째서인가?

여자의 성품이 한번 굳게 맺히면 누구도 풀 수 없기 때문일
까? 아아! 사람이 큰일이 닥쳤을 때 살기는 어렵고 죽기는
쉬운 법이다. 졸지에 한 치의 뾰족한 칼날로 자결하고, 한
그릇의 독한 약을 마시고 죽는 것은 의리가 있음을 알
뿐 자기 몸을 먼저 돌보지 않기 때문이다. 무릇 목
숨이 있는 것은 모두 한 번 죽음에 이르게 된
다. 하루에도 수없이 변하는 마음을 가지고
두려워하지 않고 후회하지 않기를 마치 산
이 땅에 뿌리박혀 있는 것처럼 하는 부인
이 있기도 한다. 이는 살아 있는 세월이
곧 죽어 있는 날들이니, 그 어려움을 어
찌 한 번 죽는 것에 비할 수 있겠는
가? 이런 까닭으로 '살기는 어렵

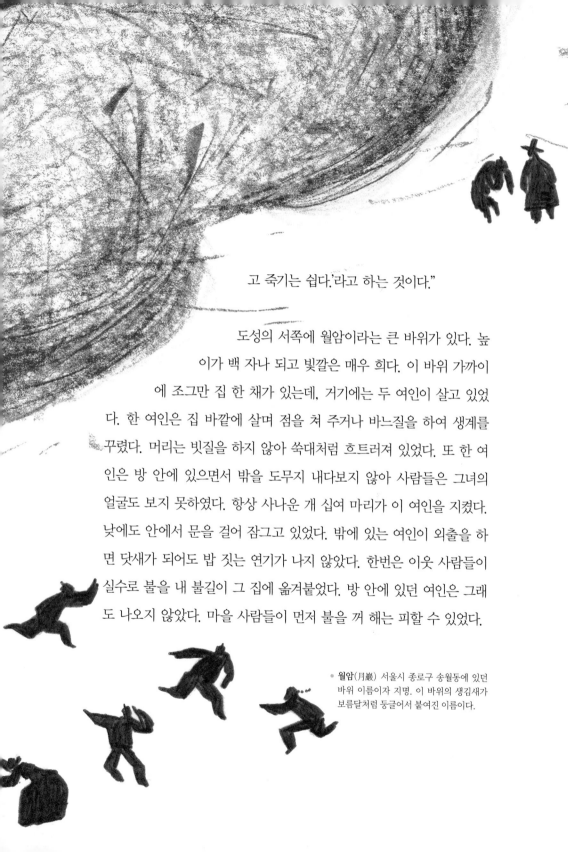

고 죽기는 쉽다.'라고 하는 것이다."

도성의 서쪽에 월암이라는 큰 바위가 있다. 높
이가 백 자나 되고 빛깔은 매우 희다. 이 바위 가까이
에 조그만 집 한 채가 있는데, 거기에는 두 여인이 살고 있었
다. 한 여인은 집 바깥에 살며 점을 쳐 주거나 바느질을 하여 생계를
꾸렸다. 머리는 빗질을 하지 않아 쑥대처럼 흐트러져 있었다. 또 한 여
인은 방 안에 있으면서 밖을 도무지 내다보지 않아 사람들은 그녀의
얼굴도 보지 못하였다. 항상 사나운 개 십여 마리가 이 여인을 지켰다.
낮에도 안에서 문을 걸어 잠그고 있었다. 밖에 있는 여인이 외출을 하
면 닷새가 되어도 밥 짓는 연기가 나지 않았다. 한번은 이웃 사람들이
실수로 불을 내 불길이 그 집에 옮겨붙었다. 방 안에 있던 여인은 그래
도 나오지 않았다. 마을 사람들이 먼저 불을 꺼 해는 피할 수 있었다.

* **월암**(月巖) 서울시 종로구 송월동에 있던
바위 이름이자 지명. 이 바위의 생김새가
보름달처럼 둥글어서 붙여진 이름이다.

마을의 한 노파가 그녀를 몰래 살펴보게 되었다. 그녀는 홑이불을 덮어쓰고 벽을 향해 누워 있을 뿐이었다. 잠긴 방문 안에서도 그 얼굴을 함부로 내밀지 않았던 것이다. 밖을 출입하는 여인도 인가를 드나들며 사람들과 함께하면서도 자신을 밝히지는 않았다. 장터에서 작은 새우와 물고기를 사서 연못 속에 놓아주고는 잠깐 바라보다가 탄식을 하며 그 자리를 뜨곤 하였다. 평소에 사이좋게 지내던 어떤 여자가 억지로 그 뒤를 밟아 보았다. 그랬더니 그녀의 말이,

"나와 방 안에 있는 분이 궁궐에서 나온 지 몇 년이 되었소."

라고 하였다. 그 햇수를 헤아려 보니 계미년 한 해 전이었다. 이에 사정을 잘 알지 못하면서도 안타까워하는 사람이 있었고, 의심하여 이상한 여자라고 말하는 자도 있었다. 이웃이라 할지라도 끝내 그 여인에 대하여 상세히 알 수는 없었다.

신해년(1791) 7월에 임금은 조회에서 좌승상과 경조의 제윤과 예조참판을 앞으로 불러내 다음과 같이 전교를 내렸다.

"올봄에 오부에서 혼인을 권장하는 건을 논의하면서 도성 서쪽 밖에 한 처녀가 삼십 년을 홀로 지내 왔다는 보고를 하였다. 그 뒤로 내가 밤마다 잠을 이루지 못한 지 오래되었다. 근자에 늙은 궁인을 보내 알아보니 그 사람의 나이는 마흔여섯이라고 한다. 몸시중으로 이모를 따라 궐 안으로 들어와 은총을 입었었다고 한다. 하나 부친이 돌아가신 후 아무도 그녀를 알아주지 않았고, 얼마 뒤 그 이모를 따라서 궁밖으로 나갔다는 것이다. 궁에서 나간 지 지금 삼십 년이 되었는데, 사람도 보지 않고 하늘의 해도 보지 않은 채 스스로를 방 안에 유폐시

켜 용변을 볼 때도 밖으로 나가지 않았다. 심지어 마을 사람들이 불을 냈을 때도 나오지 않았다. 내가 이미 그 세세한 사정을 알게 된 터에 정려문을 세워 장려하고자 하는데 어떻게 생각하는가?"

승상 이하의 관리들이 모두 놀라고 감탄하였다. 드디어 종이품의 수칙으로 봉하였고, 그날로 정려문을 세웠다. 방 안에 있던 여인이 지금의 수칙이며, 밖에 있던 여인이 그 이모이다. 임금의 하교가 있은 뒤에야 사람들은 비로소 그녀가 지킨 바를 소상히 알게 되었다. 놀라고 감탄한 나머지 안타까워 눈물을 흘리는 이도 있었다. 수칙은 성이 이씨(李氏)라고 한다.

외사씨는 말한다.

"수칙이 방 안에서 삼십 년을 보내는 동안 사람들 가운데 그의 동정을 파악한 자가 없었다. 내가 감히 억지로 말하려는 것이 아니라 가만히 마음으로 추정해 본다. 사람을 보지 않고 하늘과 해도 보지 않았

- **계미년(癸未年) 한 해 전** 계미년은 영조 39년(1763)이며, 한 해 전은 임오년으로 1762년이다. 그해에 사도세자가 뒤주에 갇혀 죽임을 당한 사건이 있었다. 여기 나오는 이씨(李氏)는 사도세자를 모셨던 궁녀였다.
- **임금** 사도세자의 아들이자 할아버지 영조의 뒤를 이어 왕위에 오른 정조.
- **경조(京兆)의 제윤(諸尹)** 경조는 '한성'을, 제윤은 '여러 장급 임원'을 이르는 말이다. 한성부는 한성 판윤(요즘의 서울시장)과 윤(尹) 2인, 소윤(小尹) 2인 등을 두었다.
- **오부(五部)** 한성부 관내를 중·동·남·서·북 등 다섯 군데로 나눈 행정 부서로, 각 부는 관할 지역에 거주하는 사람들의 애로 사항 및 위법 사항을 관리하였다.
- **부친(父親)** 사도세자.
- **정려문(旌閭門)** 충신, 효자, 열녀 등을 표창하기 위해 그 집 앞에 세우던 붉은 문.
- **수칙(守則)** 세자궁에 속해 일을 관장하던 여성의 관직. 원래는 육품직이었으나 여기서는 이품직으로 제수했다고 하니 특채를 한 셈이다.

다는 것은 필시 눈물이 하루라도 줄줄 흐르지 않은 날이 없어서였기 때문이다. 웃어도 결코 이를 드러내지 않았을 터인데, 하물며 빗질하고 목욕을 하였겠는가? 그 이모도 하지 않을 터인데 하물며 그녀는 오죽하였으랴! 이는 억지로 남의 이목을 의식하여 한 것이 아니요, 마음에서 우러나와 실천한 것이다. 대궐 문을 나온 이후 어느 날인들 은혜를 잊을 수 있었겠으며, 어느 날인들 고통을 잊을 수 있었겠는가? 삼십 년은 한 세대인데, 올곧기가 하루같이 하였다. 사람으로서 마음을 굳게 잡는 일이 또한 큰 어려움이 아니겠는가? 난(蘭)꽃 핀 골짜기에서 향기가 나고, 구슬 잠긴 못에서 무지개가 솟아나기 마련이다. 그녀의 정절이 세상에 알려진 것은 진실로 그분이 원한 바가 아니었으리라. 생각건대, 월암 근처에 밤마다 필시 흰 기운이 열렬히 솟아 달과 별에 오래도록 뻗쳐 있었을 것이다. 애석하게도 그 기운을 엿보고 그분을 찾아가 인사드린 자가 없었다. 아아!"

협창기문
(俠娼紀聞)

의협심이 있는 기녀

서울에 어떤 기녀가 있었다. 그녀는 자색(姿色)과 재주가 당대 최고였다. 몸가짐이 매우 우아하여 신분이 높고 재산이 풍족하지 않은 손님은 예우하지 않았다. 그중에서도 용모가 뛰어나고 명성이 자자하며 풍류에 익숙한 사람이라야 골라 사귀었다. 이 때문에 가깝게 지내는 사람이 결코 많지 않았다. 한때 가까이한 사람 중에는 문반(文班)으로는 홍문관·승정원 사람이요, 무반(武班)으로는 절도사였다. 이 밖에는 일반 여염의 부유한 자제로 화려한 옷과 날랜 말(馬)로 행세하는 자들이었다. 손님으로서 문전박대를 받은 자들은 그녀를 헐뜯으려고 속을 끓였다. 하지만 누구도 그녀가 지키는 바가 있는 줄은 알지 못하였다.

을해년(1755) 나라에 큰 옥사가 일어나 멀리 귀양 간 사람이 많았다. 그녀의 한 정인(情人)이 이 일에 연루되어 홍문관·예문관 등의 자리에

있다가 제주 관노가 되어 귀양을 갔다. 그녀는 이 사실을 듣고 가까이 지내는 이들에게 이렇게 부탁하였다.

"나를 위해서 속히 행장을 좀 꾸려 주세요. 나와 아무개는 그저 하룻저녁 사귄 사이에 불과합니다. 내가 이 모임을 차린 지도 십 년이고 가까이 지낸 사람도 거의 백을 헤아리지만, 가만히 따져 보면 모두 고기반찬에 비단옷을 입고 행세하면서 궁핍한 생활을 맛보지 않은 분들입니다. 지금 아무개가 제주에서 장차 굶어 죽게 되었네요. 나의 정인을 굶어 죽게 하는 것은 나의 수치입니다. 나는 이제 그를 따라가려 합니다."

드디어 넉넉한 재물을 장만하여 바다를 건너 따라갔다. 제주에 닿은 그녀는 그 사람을 위하여 지극히 화려하고 풍족하게 음식 등을 장

큰 옥사 1755년 영조가 집권하고 있을 때 일어난 을해옥사. 영조가 즉위한 전후로 노론과 소론이 갈등을 빚다가 소론이 점차 밀려나는 형국이었다. 이에 소론 쪽에서 벽서(壁書)를 써서 민심을 끌어모으려다가 발각되어 대대적으로 숙청을 당했고, 이후 소론은 몰락한다.

만하여 대접하였다. 그러면서 그 사람에게 일
렀다.

"나리께서 한양으로 다시 돌아가지 못할
건 뻔한 일입니다. 힘들게 살아가는 것
보다 즐기다가 죽는 것이 낫겠지요.
어때요, 한번 즐겨 보시렵니까?"

이리하여 그들은 매일 화주를
준비하여 잔을 채워 취하도록
마셨다. 취하면 문득 이끌어

함께 잠을 잤으며, 밤낮을 가리지 아니하였다. 얼마 안 있어 과연 그는 병이 들어 죽고 말았다. 기녀는 그를 위하여 관과 수의를 하나도 빠짐없이 고급스럽게 마련하여 장사를 지내 주었다. 또 자신의 장사 지낼 물품을 마련하고 편지 십여 통과 남아 있는 돈을 이웃 사람에게 주면서 부탁하였다.

"내가 죽거든 이것으로 염을 하고, 이 재물로는 나를 강진의 남쪽 언덕으로 보내 주세요. 그리고 이 편지는 서울에 전해 주세요."

이에 통술을 마시고 통곡한 다음 숨을 거두었다. 제주 사람들이 불쌍히 여겨 그녀의 유언대로 해 주었다. 부친 편지는 모두 한양의 옛날 사귀던 사람들에게 전해졌다. 편지를 받은 사람들은 애통해하면서도 의로운 일이라 여겼다. 그들은 금품을 거둬 가서 그녀의 주검을 수습한 다음 적당한 땅을 물색하여 묻어 주었다. 사람들은 그제야 이 기녀가 고상한 의기(義氣)를 가졌으며, 돈과 권력에 매달리는 이가 아님을 알게 되었다.

아! 이와 같은 사람은 참으로 자기를 잘 지킨다고 말할 수 있고, 여자 가운데 장부라 하겠다. 이 어찌 세속에 얼굴을 단장하고 오직 돈과 재물을 좇는 일반 기녀들에게 비할 수 있겠는가? 아! 어떻게 하면 그 나머지 분(粉), 나머지 향을 얻어 세간에 시교하는 사람들을 깨우칠 수 있을까? 슬프다!

• **화주**(火酒) 소주. 전통적인 술은 주로 막걸리류인데, 독한 술인 소주는 당시에 귀한 술이었다.
• **시교**(市交) 저잣거리의 사귐이란 뜻으로, 이익을 좇느라 서로 다투는 만남을 말한다.

궁녀와 기녀
제도가 낳은, 자유를 박탈당한 여성들

〈수칙전〉의 '수칙'은 뒤주에 갇혀 죽은 사도세자가 세자로 있을 때 세자궁에 속한 여성 관원입니다. 즉 수칙은 직책을 일컫는 말이며, 궁녀의 한 유형입니다. 궁녀는 그 역할에 따라 부르는 명칭이 다양했습니다. 〈협창기문〉에는 기녀가 주인공으로 등장합니다. 궁녀와 기녀는 지금은 찾아볼 수 없는 옛날 왕조 사회의 신분으로, 여성의 질곡을 고스란히 반영하고 있답니다. 그들은 기본적으로 결혼을 하거나 가정을 가질 수 없는 매인 몸이었습니다. 그렇다면 궁녀와 기녀에 대해 좀 더 자세히 알아볼까요?

궁궐 속 다양한 궁녀들

궁녀는 넓은 의미와 좁은 의미가 있습니다. 넓은 의미로는 왕족의 여성들을 제외한 궁궐에서 여러 일을 담당하는 모든 여성을 말하며, 좁은 의미로는 왕이나 세자 옆에서 시중을 드는 여성을 뜻합니다. 하지만 이것도 궁녀 전체를 아우르는 적절한 구분은 못 됩니다. 그들을 부르는 용어나 역할이 매우 많기 때문입니다. 이들이 없었으면 조선 시대 궁궐은 제대로 돌아가지 못했을 것입니다. 대표적인 궁녀들의 면면을 소개해 볼까요?

상궁(尙宮)

궁녀 가운데 가장 높은 지위를 가진 부류로 중궁(中宮), 즉 왕비를 보필하는 책임을 맡은 직책을 말합니다. 특히 제조상궁은 궁녀들의 수장이라고 할 수 있습니다.

나인

상궁보다 낮지만 왕이나 세자 등을 가까운 거
리에서 모시는 역할을 하는 궁녀를 말합니다.
한자 어원은 '내인(內人)'입니다. 보통 우리가 아
는 궁녀는 이 나인을 뜻하는 경우가 많습니다.

무수리

궁중에서 여러 허드렛일을 맡아 하는 여자 종
으로, 몽골어에서 유래했다고 합니다. 지금도
여자를 무시하거나 천하게 여길 때 이 용어를
쓰곤 합니다.

의녀(醫女)

궁중의 내의원 소속으로 궁중 여성들의 병을 관리하
거나 비빈들의 출산을 돕는 궁녀를 말합니다. 다른
말로 '약방 기생'이라고도 불렀습니다. 이 외에도 식모
나 가정부 역할을 한 궁녀를 '각심이', '손님' 등으로 불
렀습니다.

종합 예술인이었던 기녀

기녀라고 하면 보통은 나쁜 이미지를 떠올립니다. 그러나 실은 그렇지 않았습니다. 과거에 기녀는 주로 관아에 소속되어 자신의 기예를 펼치는 여성들이었습니다. 이들은 사회적으로는 천민 대우를 받았지만, 종합 예술인이자 기술 전문가였던 셈입니다. 그 기예와 소속에 따라 다양한 이름으로 불렸습니다.

여악(女樂)

궁중이나 지방 관청에 소속되어 악기 연주나 춤과 노래를 담당했습니다. 다시 말해, 나라나 지방 관아에서 열리는 연회에서 흥을 돋우는 역할을 한 것이지요. 여악은 한 가지 이상의 악기를 연주할 수 있었으며, 춤과 노래는 이들의 특기였습니다. 다만 조선 후기로 접어들면서 그 역할이 축소되었던 것으로 보입니다. 임금이나 양반들의 모임에 동원되는 만큼 하찮은 역할에 머물러 있었지만, 전통시대 공연 예술의 발달에 크게 기여한 점은 무시할 수 없습니다.

의기(醫妓)

궁중의 의녀를 포함하여 지방 관아 등에 소속되어 의료를 펼친 여자들을 일컫습니다. 부인들의 질병을 남자 의원에게 맡길 수 없었기에 의기가 이를 담당했습니다. 지금도 그렇지만, 당시에도 의술은 전문직이었습니다.

침선기(針線妓)

궁중이나 집안을 꾸미는 침선기도 있었습니다. 침선은 바느질을 말하는데, 바느질은 옷을 만드는 것에서부터 부인들의 방을 꾸미는 등 과거의 여성들이라면 당연히 갖추어야 할 일상적인 능력이었습니다. 침선기는 일반 여성보다 전문적인 바느질 솜씨를 갖추고 있었습니다.

창기(娼妓)

수청을 든다고 해서 '수청기'라고도 합니다. 흔히 몸을 파는 여성으로 관아에 소속되어 필요할 경우 동원되었답니다. 사실 고전 작품 등에 등장하는 기녀는 대부분 창기에 해당합니다. 〈협창기문〉의 기녀도 창기인데, 관아에 소속되지 않고 서울 장안에서 자유로운 활동을 하는 것으로 나옵니다. 조선 후기에 이렇게 자유로운 몸으로 활동한 기녀도 없지 않았던 모양입니다. 문학 작품 속 이런 기녀의 모습으로 황진이와 춘향이 대표적입니다. 황진이는 조선 전기에 뛰어난 학자였던 서경덕을 흠모한 것으로 유명하며, 춘향은 잘 알려져 있듯이 〈춘향전〉의 주인공이자 이 도령과의 약속을 끝까지 지킨 인물입니다. 황진이는 아름다운 시조와 한시를 남겼고, 춘향은 기녀지만 정절을 지켰습니다. 이처럼 양반 못지않은 수준 높은 학식을 겸비하거나 남자들도 지키기 어려운 의리를 실천한 경우도 있었습니다.

이홍전
(李泓傳)

협잡꾼의
좌충우돌 사기극

예전 사람들은 소박하였는데 요새 사람들은 기지(機智)를 숭상한다. 기지는 교묘함을 낳고, 교묘함은 간사를 낳으며, 간사는 속임수를 낳는다. 속임수가 횡행하면 또한 세상의 도가 날로 어지러워진다.

　서울의 서대문에 큰 시장이 있는데, 이곳은 가짜 물건을 파는 자들의 소굴이었다. 가짜로 말하면 백통을 가리켜 은(銀)이라 주장하고, 염소 뿔을 가지고 대모라 우기며, 개 가죽을 가지고 초피로 꾸미는 따위

● **백통**(白銅) 구리와 니켈의 합금으로, 은백색을 띠나 실제 은은 아니다. 주로 화폐나 장식품을 만드는 데 쓰였다.
● **대모**(玳瑁) 바다거북의 껍질. 예로부터 귀한 약재로 쓰였다.
● **초피**(貂皮) 담비의 털가죽. 다른 짐승의 가죽보다 귀한 취급을 받았다.

이다. 부자간이나 형제간에 서로 물건을 흥정하는 척하며 값의 고하를 다투어 왁자지껄한다. 시골 사람이 이를 흘낏 보고 진짜인가 싶어서 서로 부르는 값을 주고 사게 된다. 판 놈은 꾀가 들어맞아서 일거에 이문을 열 곱, 백 곱을 남겼다. 뿐만 아니라 소매치기도 그 사이에 끼어 있어, 남의 자루나 전대 속에 무엇이든 든 것 같으면 예리한 칼로 째어 빼낸다. 소매치기를 당한 줄 알고 쫓아가면 요리조리 식혜 파는 골목으로 달아난다. 꼬불꼬불 좁은 골목이라 거의 따라가 잡을라치면 대광주리를 짊어진 놈이 불쑥 튀어나와,

"광주리 사려!"

라고 하면서 길을 막아 버려 더 쫓지를 못하고 만다. 이런 이유로 시장에 들어서는 사람은 돈을 전쟁터에서 진을 지키듯 하고, 물건을 시집가는 여자 몸조심하듯 하지만, 곧잘 속임수에 걸려드는 것이다.

삼한의 백성들이 옛날엔 순박하다고 일컬어졌는데, 근세에는 백면선 같은 부류처럼 속임질로 유명한 자도 많다. 혹시 민풍이 날로 타락하여 순박하던 것이 변하여 간사하게 된 것일까? 까마득한 옛날, 어리석던 시절에도 역시 간사한 무리가 끼어 있었을까?

이홍은 서울 사람이다. 풍채가 훤칠하고 말솜씨도 좋아서 처음 대하는 사람은 전혀 사기꾼인 줄 알지 못하였다. 재물을 가벼이 여기고 의복과 음식이 호사스러워, 보기는 그럴듯하지만 실은 집이 가난하였다.

• **백면선(白勉善)** 다른 자료에는 '백문선(白文先)'으로도 나온다. 당시 속임수를 잘 썼던 대표적인 인물로 알려져 있다.

이홍이 대갓집에 드나들다가 한번은 강물을 팔면 이익을 남길 수 있다고 꾀어 돈 수만 냥을 얻어냈다. 이윽고 그 돈으로 청천강에서 사업을 벌였다. 매일 소를 잡고 술을 거르고 주변의 이름난 기생을 불렀다. 불러서 안 오는 기생이 없었다. 그런데 안주의 한 기생만은 쉽지 않았다. 재색(才色)이 평안도의 으뜸이라 감사의 총애를 입고 있었기에 아무리 임금이 파견한 관리라고 하더라도 그 얼굴을 구경할 수 없었다.

이홍은 직접 안주로 가서 열흘 이내에 성사시키고 돌아오기로 동료들과 내기를 걸었다. 말에 짐을 싣고 비단 쾌자를 걸치고 따르는 하인도 없이 다만 갓 쓴 사람 한 명을 데리고 채찍을 울리며 안주 성내로 들어섰다. 어느 정도 분별력이 있는 사람이라면 이홍을 보고 '개성의 큰 상인'이라 인정하지 않을 수 없었다.

이홍은 그 기생의 집을 찾아가서는 그곳을 숙소로 정하였다. 기생의 아범은 군교(軍校)로 늘그막에 주막을 낸 자였다. 이홍은 다음과 같이 약조하며 말하였다.

"내가 가지고 온 것은 값진 물건이라네. 주막에 다른 손님은 받지 말아 주게. 이번 걸음에 누구를 좀 기다려야 할 판이네. 그 사람이 늦게 올지 금방 올지 예측할 수 없다네. 떠나는 날 모든 비용을 정산하기로 하지. 그리고 내가 원래 입이 짧으니 아침저녁을 각별히 정갈하게 차려

● **안주**(安州) 평안남도 서북부에 위치한 안주시. 과거에는 '안주군'이었으며 청천강이 바로 그 북쪽으로 흐른다.
● **쾌자**(快子) 소매가 없고 등솔기가 허리까지 트인 옛 군복.

주게. 값이 얼마 드는지는 염려치 말고, 식대는 주인 마음대로 정하게
나."

기생 아범이 보니 이 사람은 장사치요, 싣고 온 짐은 가볍지 않고 묵
직한 게 은자(銀子)인가 싶었다.

'옳거니, 좋은 손님이로구나!'

그리하여 머물 곳을 깨끗이 치워 맞이하였다. 이홍은 방에 들어가
둘러보더니, 잔뜩 얼굴을 찌푸리며 종을 불렀다.

"얼른 장지를 사 오너라. 사람이 단 하루를 묵더라도 이런 데 누워서
야 되겠느냐?"

방 안 도배를 말끔히 끝내더니, 짐을 머리맡에 옮겨다 놓고 양털 요
와 비단 이불을 쌌다. 그리고 행장 속에서 두툼한 장부 한 권, 주
판, 조그만 벼루를 꺼내었다. 문을 닫아걸고 시종과 함께 계산을 하는
모양인데 종일토록 끝나지 않았다. 기생 아범이 문틈으로 귀를 기울여
엿들으니, 비단이며 향료, 약재 등속을 셈하는 것이 아닌가. 기생 아범
은 부인과 의논하였다.

"저 손님은 분명 거상(巨商)이야. 우리 아이를 보면 영락없이 반하겠
지? 반하면 소득도 적지 않을 게야. 감사 나리 덕(德)에 비기겠나?"

드디어 딸을 평양 감영에서 살짝 불러와 문 앞에서 절을 올리게 하
였다.

"귀하신 어른이 누추한 곳에 오래 묵으시기로 젊은 주인이 감히 뵈
옵니다."

이홍은 바쁜 척하며 사례하였다.

"이러지 말게. 여주인이 하필 이럴 것이 있겠나?"

이홍은 계속 주판알을 굴리면서 안중에 없는 것처럼 대하였다. 기생 아범은 '저 양반, 대단한 거상이로구나. 안목이 워낙 큰 게 재물이 많기 때문이렷다.' 하고 저녁에 다시 조용히 말하였다.

"보시기에 제 아이가 별 볼 일 없는지요? 손님께서 퍽 냉담하시니 애가 지금 아주 무색한 모양입니다."

이홍은 누차 사양하고 별로 의향이 없는 듯하다가 마지못해 응하기로 하였다. 기생이 주안상을 차리고 손님과 더불어 노래하고 춤추며 한껏 아양을 떤 뒤에야 요행으로 동침할 수 있었다. 그로부터 기생은 사나흘 동안에 틈틈이 손님과 만남을 가졌다.

하루는 이홍이 눈썹을 찌푸리고 근심하는 기색으로 주인을 불러서 묻는 것이었다.

"이 지역에 요사이 도적 떼가 나타났던가?"

"없습지요."

"의주에서 예까지 며칠이면 대어 오나?"

"얼마 걸립죠."

"그럼 일자가 지났는걸. 말이 병이 났나?"

"손님, 무슨 고민거리라도 있는 겝니까?"

"연경에서 오는 물건이 며칠날 압록강을 건너 며칠날 여기 닿기로

• **장지**(壯紙) 두껍고 질긴, 질이 좋은 한지.
• **연경**(燕京) 지금의 북경(北京). 이곳이 과거 연(燕)나라 땅이었기 때문에 이렇게 불렸다.

하였었다네. 그런데 여태 나타나지 않으니 걱정인걸."

하인을 불러 말하였다.

"너, 서문으로 나가 보아라."

하인이 저녁때 돌아와서 소식이 전혀 없다고 아뢰었다.

그 후 근심하며 날을 보내더니, 사흘째가 되는 날 주인을 불러 말하였다.

"내가 시방 귀중한 물건을 가지고 있기 때문에 나가 보지 못하고 있다네. 이제 자네는 나와 한집안이나 진배없지 않은가. 내 갑갑해서 병이 날 것 같아 도저히 앉아 기다릴 수가 없네. 내 물건을 자네에게 맡기겠으니 잘 좀 간수하여 주게. 나가서 알아보고 오겠네."

그러고는 방문을 잠근 다음 서둘러 나갔다. 이홍은 바로 샛길로 빠져 청천강으로 돌아왔다. 과연 그사이 시간이 열흘 정도 걸렸다.

기생의 집에서는 손님이 영 돌아오지 않는 게 이상해서 행장을 풀어 보았다. 그랬더니 그 안에는 거위 알만 한 조약돌이 가득 채워져 있을 뿐이었다.

또 이런 일도 있었다.

한 시골 아전이 군포를 바치러 돈 천여 꿰미를 가지고 상경하였다. 여관을 정하지 못하고 있었는데, 이홍이 자기 집으로 데리고 가서 꾐

---

* **군포(軍布)** 조선 시대에 병역 의무가 있는 양민으로 16세 이상 60세 이하의 남자가 현역 복무 대신 부담하던 세금. 통상 베(布(포))를 냈기 때문에 '군포'라고 한다.

수를 썼다.

"내게 한 가지 술수가 있소. 노자나 해웃값쯤은 벌 것이오."

아전은 좋아하며 가진 돈을 몽땅 이홍에게 맡겼다. 이홍은 아침저녁으로 뭔가 돈푼을 버는 것 같았다. 십여 일이 지났다. 이홍이 문득 남산이 경치가 좋다고 떠벌렸다. 그래서 술 한 병을 들고 아전을 앞세운 채 팽남골 인적이 드문 곳으로 올라갔다. 이홍이 혼자서 술 한 병을 다 마시더니 목 놓아 우는 것이었다.

"원, 한 병 술도 못 이기고 이러우?"

"서울이 이렇게 아름다운데 이곳을 버려야 하다니! 내 어찌 눈물이 나지 않겠소?"

이홍은 소매 속에서 줄을 꺼내더니 소나무에 걸고 목을 매려 하였다. 아전이 깜짝 놀라 말리고는 이유를 물었다.

"당신 때문이라오! 내가 어디 남의 돈 한 푼인들 속일 사람이우? 남을 잘못 믿고 그만 당신 돈을 몽땅 떼이고 말았구려. 물어내자니 가난한 놈이 도리가 없고, 그냥 두자니 당신이 성화같이 독촉할 것이고……. 죽느니만 못하니 말리지 마오."

금방 목을 걸고 밑으로 뛰어내릴 기세였다. 아전은 당황하여 발돋움을 한 채 말하였다.

"죽지 마시오. 지금부터 당신에게 돈에 대한 말은 않으리다."

"아니, 당신이 시방 내가 죽으려니까 이런 말을 하는 거겠지. 하지만 말이야 무슨 문서가 될까? 나중에 당신의 말을 무엇으로 믿는단 말이오? 지금 아예 죽느니만 못하지."

아전은 혼자 생각하기를, '저 사람이 죽으나 사나 돈 못 받기는 매일반이고, 죽으면 또 뒷말이 있을 게야.' 하고, 분주히 주머니에서 붓과 종이를 꺼내 돈을 받았다는 증서를 써 주고 죽지 말라며 타일렀다.

"당신이 정 그렇다면야 내 하필 죽을 까닭이 있겠소?"

이홍은 옷을 훌훌 털고 집으로 돌아갔다. 그날 저녁으로 당장 그 아전을 몰아내어 대문 안에 들어서지도 못하게 하였다.

법관이 이 사실을 풍문에 듣고, 이홍을 잡아다가 볼기 백 대를 쳤다. 이홍은 거의 죽게 된 지경이었으나 아주 죽지는 않았다.

이홍의 집은 서대문 밖에 있었다. 어느 날 꽃무늬 비단 창옷을 입고 왼손으로 만호 갓끈을 어루만지고 호박 선추를 굴리면서 어슬렁어슬렁 남대문으로 들어섰다. 그때 남대문 앞에서 한 중이 경쇠를 치며 시주를 구하고 있었다. 이홍이 이 중을 불러 세웠다.

"스님, 예서 며칠 서 있었소?"

"사흘 동안입죠."

"몇 푼이나 들어왔소?"

"겨우 이백여 푼밖에 안 됩죠."

"저런, 그러다 늙어 죽겠네! 종일 '나무아미타불'을 외쳐서 사흘 동안

• **해웃값** 기생, 창기 따위와 관계를 가지고 그 대가로 주는 돈.
• **팽남골(彭南洞)** 남산의 아랫동네. 이곳에 팽나무가 유명하여 붙여진 동네 이름이다.
• **만호(曼胡) 갓끈** 올이 굵고 무늬가 없는 비단으로 만든 갓끈.
• **선추(扇墜)** 부채 고리에 매다는 장식. 호박으로 만들었다고 하니 구하기 힘든 고급 장식인 셈이다.

에 고작 이백 푼이란 말이지! 우리 집은 부유하고 아이가 많소. 진작부터 부처님께 한 가지 아름다운 일을 선사하고 싶었소. 스님 오늘 복 받은 거요. 내 무엇으로 시주할까?"

한참 생각하는가 싶더니 이윽고 말하였다.

"유기가 있는데 쓰임이 있겠소?"

"유기로 불상을 지으면 그보다 더 큰 공덕이 없습죠."

"그래? 그럼 나를 따라오시오."

이홍은 앞장서서 남대문으로 들어가더니, 등불이 비치는 집을 가리켰다.

"스님, 좀 쉬어 가십시다."

술어미가 술을 데우고 푸짐한 안주를 내놓았다. 이홍은 거푸 십여 잔을 비우고 나서 비단 주머니를 만지작거리다 껄껄 웃었다.

"오늘 나오면서 술값을 잊고 왔네. 스님, 우선 바랑 속의 것을 좀 빌립시다. 가서 곧 갚겠소."

하여 중이 술값을 치렀다. 그리고 나와서 길을 가다가 중을 돌아보며 소리친다.

"스님, 따라오고 있소?"

"예예, 따라가고 말굽죠."

"유기가 오래된 물건이라 집안사람들이 혹 막을지 모르오. 잘 가져가야 할 거요."

"주시는 건 시주님께 달렸고, 가져가는 건 저에게 달렸습죠. 그것도 잘 못하려고요?"

"그래."

다시 또 술집으로 들어가서 중의 돈으로 술을 마셨다. 서너 차례 술집을 들락거리는 동안에 중의 돈은 홀랑 털리고 말았다. 걷다가 또 중을 불렀다.

"스님, 사람이란 무슨 일에나 눈치가 있어야 하는 법이오."

"소승은 그와 같이 한평생을 보낸 사람입죠. 남은 거라곤 눈치밖에 없습죠."

"그래."

다시 몇 걸음 옮기다가 고개를 돌리더니 중에게 말하였다.

"스님, 유기가 원체 큰데 무슨 힘으로 가져가지?"

"크면 클수록 좋습죠. 주시기만 한다면 만 근이라도 무엇이 어렵겠습니까요?"

"그래."

이때 이미 대광통교를 건너갔다. 이홍은 동쪽 거리로 돌아서면서 부채를 들어 종각 안의 인정종을 가리켰다.

"스님, 유기가 저기 있소. 잘 가져가야 하오."

중은 이 말을 듣고 자기도 모르게 발딱 몸을 돌이키더니 남산을 바라보고 한참 멍하니 서 있었다. 속은 것에 화가 나 달음질쳐 사라졌다.

이홍은 어슬렁어슬렁 철전 다리 쪽을 향하여 걸어갔다.

• **인정종**(人定鐘) 사람들의 통행을 금지하는 인정(人定)을 알릴 때 치던 종.
• **철전**(鐵廛) **다리** 서울 종로구 관철동(貫鐵洞)에 있던 다리. 철물교(鐵物橋)라고도 한다. 이곳에 철물전이 많았기 때문에 붙여진 이름들이다.

이홍의 생애는 대개 이러하였다. 이는 그의 가장 유명한 일화들을 들어 본 것이다. 그는 사람을 잘 속이는 것으로 이름이 났는데, 이 때문에 나라의 벌을 받아 먼 곳으로 귀양을 가게 되었다고 한다.

외사씨는 말한다.

"큰 사기는 천하를 속이고, 그다음은 임금이나 정승을 속이고, 또 그다음은 백성을 속인다. 이홍 같은 속임질은 질이 낮기에 시비할 것도 없다. 그런데 천하를 속이는 자는 천하의 임금이 되며, 그다음은 자기 몸을 영화롭게 하며, 그다음은 집을 윤택하게 한다. 이홍 같은 자는 속임질로 마침내 법망에 걸려들었다. 남을 속인 것이 아니고 실은 자신을 속인 셈이다. 또한 슬픈 일이다."

속이거나 골탕 먹이거나

〈이홍전〉에 나오는 이홍은 남을 속여 이득을 챙기거나 사람을 골탕 먹이는 인물입니다. 이런 인물이 어느 시대에나 없었을까마는, 유독 조선 후기 시정 사회의 발달과 함께 등장하고 있다는 점이 특징적입니다. 시정 사회란 장터 같은 사람들이 많은 곳을 중심으로 여러 인물이 출현하여 다양한 인정세태가 펼쳐지는 것을 말합니다. 혼잡한 곳에서 남의 물건을 슬쩍하는 이른바 소매치기 같은 잡범은 물론이고, 물건이 대량 생산되는 속에서 이득을 지나치게 많이 챙기거나 남을 속이는 행위가 빈번했던 것입니다. 이홍의 행위는 분명 범죄이지만 우리가 상상하는 이상으로 조선 후기 시정 사회가 역동적이었다는 점을 반영하기도 합니다.

대동강 물을 팔아먹은 봉이 김 선달

봉이 김 선달은 대동강 물을 팔아먹었다고 알려져 있습니다. 강물을 돈을 받고 팔아먹었다니, 얼마나 수완이 좋으면 그랬을까요? 이 정도면 가히 역대급 사기꾼이라고 할 수 있을 겁니다. 그런데 그에 대한 정보는 잘 나와 있지 않습니다. 한 자료에는 그의 본명이 김 인홍이며 평양 출신이라고 되어 있습니다. 그는 대동강 물을 팔아먹었을 뿐만 아니라 닭

을 봉황으로 속여 팔기도 했고, 승려와 장님
을 조롱하며 피해를 주기도 했습니다.
그의 사기 행각은 이홍과도 상당히 비슷한데,
비록 부정한 일을 저질렀지만 상층 지배 집단의
허례 의식을 비판하고, 억눌린 하층 백성들의 욕
망을 대변하는 점이 없지 않았습니다.

주인을 골탕 먹인 어복손

어복손은 하인인데, 그는 자신의 주인을 골탕 먹이거나 속이는 행위를 서슴지 않았습니다. 악행을 일삼는 노비라 하여 '악노'로 불렸으며, 이야기에서는 교활하기 짝이 없는 존재로 묘사됩니다. 조선 시대에 하인은 당연히 충직하게 주인을 모셔야 하는데, 어복손은 그렇지 않았습니다. 기회만 나면 주인을 속이고 심지어 주인 딸을 욕보이려고도 했습니다. 흥미로운 점은 이 어복손 이야기가 개화기 《황성신문》이라는 애국계몽지에 연재됨으로써 세상에 알려졌다는 것입니다. 어복손이 주인을 골탕 먹이는 데는 나름 이유가 있었습니다. 주인은 자신을 사람대접해 주지 않은 데다 세상 물정에도 어두운 인물이었습니다. 반면, 어복손은 변화하는 세상에서 노비라는 신분을 벗어나 사람답게 살아 보려는 의지가 있었습니다. 그런 둘 사이에 충돌이 일어난 것이지요. 이런 이유로 주인을 골탕 먹이는 어복손의 모습은 인간 해방의 몸짓으로 이해해 볼 수 있습니다.

신병사전
(申兵使傳)

죽은 혼령의 편지

신 병사는 언제 때 사람인지 알 수 없다. 남양부 서쪽 삼십 리쯤에 이생(李生)이란 사람이 형제와 함께 살고 있었다. 어느 날 저녁 이생이 종이에 글씨를 쓰려는데 형이 안에서 밥 먹으라고 불렀다. 이생이 안으로 들어갔다가 얼마 후 나와 보니, 그 종이에 한 줄 글씨가 쓰여 있었다. 주위에는 아무도 보이지 않았다. 너무 괴이쩍어 그는 마음을 진정할 수 없었다. 이튿날 구슬 끈을 단 갓을 쓰고 직령을 입고 온 자가 있었다. 그는 인사를 하고 들어왔는데 생김새가 퍽 건장하고 훤칠하였

● **남양부**(南陽府) 지금의 경기도 화성시 남양면으로, 작가 이옥의 고향이다. 이옥은 서울에서 생활하다가 인생 후반에는 이곳 고향으로 내려와 있었다.
● **직령**(直領) 깃을 곧게 하여 만든 웃옷으로, 주로 무관이나 향리가 입었다.

다. 누구냐고 물었더니,

　"나는 신 병사요! 그대와 이웃해서 살고 있소."
라고 하는 것이었다. 이생이 의아해하자 그는 집 남쪽의 한
황폐한 무덤을 가리켰다.

　"저곳이오. 자손들은 이미 끊어졌고 바닷가의 주민들도
나를 돌봐 주지 않아 오랫동안 소나 말에 시달려 왔소. 이제 그대
의 힘을 빌려 이 시달림을 면할 수 있다면 얼마나 고마운 일일지…….
감히 간청하오."

　이생은 이에 승낙하였다. 그를 보내고 난 뒤 두려운 마음에 어쩔 수
없이 그 무덤을 돌봐 주었다. 며칠 뒤에 그가 또 찾아와서는 거듭거듭
고맙다고 하였다. 이때부터 매번 사람이 없는 한가한 틈이면 꼭 찾아
와 옆에 같이 있었다. 그는 다시 편지로 서로 연락하자고 하였다.

　"그대가 이 편지를 아무 나무 아래 던져 주시오. 내가 마땅히 가서
보리다."

　이생이 그 말대로 해 봤더니, 얼마 후 책상 위 혹은 처마 밖에서 편
지를 손에 넣게 되었다. 바로 그가 쓴 답서로 서식이나 글씨의 솜씨,
그리고 어투가 모두 정결하였다.

　몇 달이 지나서 신 병사는 또 이생에게 말하였다.

　"큰 은혜를 입었는데 갚을 도리가 없구려. 내가 가만 그대의 선영(先
塋)을 살펴봤더니 길지(吉地)가 아니었소. 그대를 위하여 좋은 자리를

찾던 중 어제 비로소 갈산에서
길지를 발견하였소. 만약 내 말
을 외면하지 않는다면 그곳으로
이장해 보시오."

　이생의 형제는 이 말을 듣고 그와
약속한 시일에 갈산으로 갔더니, 신 병사가
먼저 와 있었다. 구덩이를 정하고 그 자리를 파
서 봉분을 만드는 데까지 다 열심히 봐주었다. 이
사실을 모르는 이들은 그가 지관(地官)인 줄
만 알았다. 부모의 무덤을 옮기고 난 이생
형제는 어느 날 한가한 기회에 이 일을 후회
하게 되었다.

　"묘를 옮기는 일은 참으로 중차대한 일인데, 우리

• 갈산(葛山) 남양 지역에 있는 산으로, 칡넝쿨이 많아 붙여진 이름이다. 전국적으로 이 산 이름으로 된 지역
　이 많다.

가 아무 생각 없이 그의 말을 따르다니! 요괴가 사람의 가면을 쓰고 우리를 놀린 것이 아닐꼬?"

이 말이 채 끝나기도 전에 지게문이 열리고 신 병사가 들어오는 것이었다.

"그대들이 의심하는 것도 괴이할 게 없지. 잘못은 다 나에게 있으니 이제 떠나려 하네."

그런데 옆에 갓을 쓰고 푸른 도포를 입은 자가 있었다. 그는 매우 성난 기색으로 예의도 차리지 않은 채 이생을 돌아보며 꾸짖었다.

"그대는 은혜도 모르고 도리어 어른을 요괴로 지목한단 말인가?"

신 병사가 꾸짖으며 그만두라고 하였으나, 그래도 듣지 않고 밖으로 하인을 불러내 소리쳤다.

"너는 속히 바깥 행랑채로 가서 종 한 놈을 잡아 오너라!"

벙거지를 쓰고 창옷을 입은 자가 "예." 하고 나가서는 이생의 종을 잡아 와 앞에 꿇리었다.

"주인이 죄를 범하였으니 그 종을 매질하는 것이다!"

하고는 세 대를 때리고 가 버렸다. 매는 그리 아프지 않았으나 종은 끝내 이 매를 맞고 죽고 말았다. 이생 또한 두려움에 떨다가 죽었다. 이로부터 드디어 왕래가 끊겨 신 병사는 다시 나타나지 않았다.

외사씨는 말한다.

"촛불은 심지가 다 타서 꺼지면 연기가 없으나, 갑자기 불어서 꺼트리면 연기가 맺혀 오랫동안 흩어지지 않는다. 촛불을 보면 삶과 죽음의 이치를 알 수 있다. 신 병사와 같은 자는 혹시 갑자기 비명에 죽어서 그리된 존재일까? 이마두의 학설에, '일체 귀신의 자취를 가진 것은 모두 마귀가 거짓으로 장난을 쳐 사람을 속이는 것일 뿐이다.'라고 하였다. 이 말을 믿는다면 소년이 화를 낸 것은 혹시 그의 실체가 드러났기에 그런 것이 아닐까? 내가 남양에 가서 들으니, 그 편지 중에는 아직도 보관된 것이 있다고 한다."

- **지게문** 옛날식 가옥에서, 마루와 방 사이의 문이나 부엌의 바깥문.
- **이마두**(利瑪竇) 마테오 리치. 이탈리아 예수회 선교사로 1580년 중국에 들어가 북경에 천주교당을 짓고 서학(西學)을 전파했다. 중국 및 한국에 서학, 즉 서양 학문이 그를 통해 전해졌으며, 본격적인 서양 문물이 전해지는 계기가 되었다.

최생원전
(崔生員傳)

귀신이 벌벌 떠는
최 생원

어떤 친구가 나에게 물었다.

　"남들은 모두 귀신이 있다고 말하는데, 귀신이 정말로 있는 것인가?"

　나는 대답하였다.

　"있네."

　어느 날 그가 또 물었다.

　"어떤 이는 귀신이 없다고도 하는데, 정말 귀신이 없는 것인가?"

　나는 또 대답하였다.

　"없네."

　그러자 그가 말하였다.

　"일전에 내가 자네에게 '귀신이 있나?' 하니까 '있네.'라고 하더니, 이

제 다시 '귀신이 없나?' 하니까 '없네.'라고 하는군. 도대체 뭐가 맞는 것인가?"

이에 나는 다시 말하였다.

"그렇다네. 자네가 있다고 하면 있는 것이고, 없다고 하면 없는 것일세."

"그게 무슨 말인가?"

"귀신의 이치는 지극히 오묘하고 그 자취는 지극히 신비하다네. 귀신은 대단히 복잡한 존재라는 말일세. 내 눈으로 직접 확인한 바가 아니므로 당장 단정하여 말할 수 없는 것이네. 다만 내 일찍이 본 바가 있다네.

저 담장 남쪽에 집 한 채가 있었지. 그 집은 원래 귀신이란 없어서 주인이 산 지 다섯 해가 되도록 나뭇잎 하나 놀라는 일이 없었다네. 그런데 마침 그 남쪽 이웃집 사람과 사이가 나빠지게 되었다네. 그 이웃은 그를 몹시 미워하여 밤마다 일어나 그 집으로 돌 서너 개씩을 던졌지. 처음에는 그 집주인이 도둑의 짓이라 여겼지. 그런데 사흘 동안 이어지자 여자 무당을 불렀다네. 무당은 큰 나무 밑에다가 떡을 차려 놓고 신 내리는 말을 하며 방울을 흔들고 상자를 두드리더군. 남쪽 이

웃이 담 구멍으로 엿보고는 몰래 웃으며 다시 돌을 나무에 던져 가지를 맞췄다네. 그랬더니 그 소리가 꽤 커서 곁에 있는 나무까지 우수수 소리를 냈지. 더구나 던진 돌은 공교롭게도 떡에 떨어져 떡시루를 깼다네. 무당은 혀를 떨며 한참 동안 말을 못 하더니, 그대로 버리고 달아나 버렸다네. 도망치면서 하는 말이, '귀신이 심히 노하여 도저히 살풀이를 할 수 없어요.'라고 하였다지. 한편, 남쪽 이웃도 이 일이 오래가면 발각될까 싶어 마침내 그만두었다네. 이미 끝났는데도 그 집의 사람들은 밤만 되면 더욱 놀라곤 하였다네. 그들 중에는 얼굴이 신발에 차여 시퍼렇게 멍이 든 자도 생겼고, 곳집 속에 들었던 물건을 지붕에서 찾은 일도 있었다네. 기와는 어지럽게 날아다니고, 처마나 기둥이 모두 찍히는 불상사가 생겼시. 몇 달 민에 안주인이 쥬고 초상과 병이 잇달아서, 결국 그 집은 흉가로 소문나고 말았지. 나는 여기서 귀신은 있다면 있으되, 무당은 믿을 것이 없음을 알았네.

이 동네 북쪽에 또 집 하나가 있었지. 그 집에 자주 귀신이 나타난다고 하여 집을 헐값으로 내놓았지. 그런데 그런 일이 있다는 것을 잘 알면서도 그 집을 산 사람이 있었다네. 입주할 날이 되자 그는 처자식과 종을 불러 놓고, '우리가 옮겨갈 집에 귀신이 많다고 한다. 그러나 그곳이 아니면 갈 곳이 없구나. 내 이제 너희에게 당부하니, 들어간 뒤에 귀신이 나타난다 해도 남에게 귀신이 있다는 말조차 하지 말아야 한다. 만약 그렇지 않으면 우리가 함께 살 수 없다.'라고 일렀다네. 식구들은 할 수 없이 그렇게 하기로 하였다지. 급기야 그 집에 들자 귀신이 휘파람을 불며 춤추고 날뛰면서 주인에게 치성을 드리라고 요구하였다네. 그래도 들은 체도 하지 않자 귀신은 물 긷던 여종을 섬돌에서 자빠뜨리고, 지붕 위 기와를 주워서 던지기도 하였다지. 사흘째 되는 밤에는 신을 뜰에다 쌓아 부도탑같이 만들어 놓기도 하였다네. 그래도 식구들은 그것 또한 대수롭지 않게 여겼지. 어떤 사람이 와서 '이게 누구 짓이요?' 하고 물었지만, 모두 웃기만 하고 말하지 않았다지. 그런 지 열흘이 지나자 온 집안이 깨끗하고 고요해져서 쥐 한 마리도 나오지 않았다지 뭔가. 그리고 거기에서 스무 해를 살았으나 아무 문제가 없었다네.

나는 여기에서 귀신이란 없다고 여기면 없을 수 있다는 것을 깨달았네. 사람들이 '귀신이 있다'고 하면 귀신은 있는 것이고, 또 사람들이 '귀신은 없다'고 하면 귀신은 없는 것일세. 내 말이 옳지 않은가?"

이에 친구는,

"그렇겠네!"

라고 하였다.

또 한 친구가 최 생원의 일을 이야기하였다.

최 생원이란 이는 그의 성만 알려져 있다. 이야기하는 사람은 '영남 사람'이라고 하였다. 우리나라 말에 선비를 '서방님'이라 하고, 늙은 서방님을 높여서 '생원님'이라 한다. 그러니 최 생원은 대개 서방님이면서

● **부도탑**(浮圖塔) 덕이 높은 승려의 사리나 유골을 넣고 쌓은 둥근 돌탑.

늙은이라는 말이다. 그는 평소 귀신을 업신여겼다. 마을 사람들 중에 귀신을 위하여 제사 지내는 자가 있으면 반드시 찾아가서 분탕질을 쳐 못하게 하고야 말았다. 한번은 그가 서울에 가는데, 길가 당집에서 귀신에게 제사를 지내고 있었다. 무당은 갓을 쓰고 비단옷을 입은 채 왼편에는 신장대를 꽂아 놓고 오른손으로 부채를 흔들고 있었다. 또 시골 영감들이 허리를 굽혀 음식을 올리고 있었다. 최 생원은 화가 한껏 돋아 마부를 시켜 채찍으로 무당을 몰아내 쫓고, 종이로 만든 칼을 꺾어 버렸다. 제사상과 탁자는 발로 차서 넘어뜨렸다. 그리고는 꾸짖어 말하였다.

"귀신이 어찌 감히 백성을 유혹하는가?"

그러고서 길을 떠났다. 그런데 몇 리 정도 갔을 때 그가 탄 말이 별안간 땅에 쓰러져 죽고 말았다. 마부가 말하였다.

● 신장(神將)대 무당이 신을 내리는 데 쓰는 막대기나 나뭇가지.

"아이구! 제 잘못이 아니옵니다. 아까 그 귀신은 본디 영험하온데 노여움을 사서 그만 말이 그 벌을 받아 죽은 것이옵니다."

최 생원은 말하였다.

"귀신이 어찌 감히 이런단 말이냐?"

분을 삭이지 못한 최 생원은 미친 듯이 다시 당집으로 달려가 띠풀을 가져다가 당집 지붕에 불을 질렀다. 그러자 물동이 크기만 한 검은 기운이 당집을 나와서 고개를 넘어가 버렸다.

이런 최 생원은 나이가 들어 감에 기운이 점차 쇠약해져 종전처럼 귀신을 못 잡아먹어 안달하지는 않았다. 하루는 우연히 산길을 가다가 날이 저물어 한 촌가를 찾아 묵어 가기를 청하였다. 그런데 주인은,

"오늘 저녁은 산에 올리는 제사가 있어서 예의상 손님을 받을 수 없습니다."

라고 하는 것이었다. 최 생원은 웃으며 말하였다.

"내가 왜 귀신에게 제를 올리는 일 때문에 묵지 못하겠나?"

그러면서 기어이 방으로 들어갔다. 다만 그들이 제사를 올리는 일을 막지는 않았다. 한데 그곳이 자기가 옛날에 당집을 불태운 마을인 줄도 몰랐다. 누워 있는데 밖에서 무당이 집주인을 꿇어앉히고 신 내린 소리로 말하는 게 들렸다.

"너는 내가 어떤 신인 줄 아느냐? 마련한 제물은 풍부하냐? 차린 것이 정결하냐? 네가 나를 따르는 이들의 상차림은 다른 신들과 나란히 해서는 안 되느니라. 또 내게 상을 차리되 저들과 같이 해서도 안 되느

니라. 너는 최 생원님의 상을 따로 차렸느냐? 최 생원님은 나보다 훨씬 귀하신 몸이니 상을 차릴 때는 내 상보다 열 배는 나아야 할 것이야. 그렇지 않으면 최 생원님이 반드시 너를 죽일 게다."

이는 대개 무당의 '안반고사'라는 것으로, 주인은 공손히 이 말에 따랐다. 최 생원은 웃으며 혼잣말을 하였다.

"귀신 중에도 나와 성이 같은 자가 있다니!"

잠시 후 주인이 방문 앞을 지나가기에 불러서 물어보니 사정이 이러하였다.

"우리 마을에 예전에 당집이 저 언덕 밖에 있었답니다. 해마다 가을걷이를 마치면 마을 사람들이 추렴하여 제사를 드렸지요. 그래야만 온 마을이 병도 없고 곡식도 잘 영글었답니다. 그러던 어느 해에 손님 한 사람이 와서 신을 모독한 탓으로 그가 탄 말이 신벌을 맞아 죽었지요. 그는 미친 듯 사나워져서 당집을 불태워 버렸답니다. 당집은 마침내 자리를 옮겼고 신은 촌가에서 공양을 받았답니다. 그 집에서 해마다 한 번씩 제사를 지내야 노하지 않았고요. 그리고 옮겨온 뒤로는 매번 별도로 한 상을 차리게 하고, 이를 '최생원공(崔生員供)'이라 하였지요. 아마도 옛날 당집을 불태운 손님의 신령을 위함인 듯합니다."

최 생원은 돌이켜 생각해 보고는 자기도 모르게 깜짝 놀랐다. 이에 껄껄 웃었다.

"그 최 생원이 바로 나요! 내가 당집을 불태운 그 사람이니, 빨리 '최생원공'을 드리시오. 내 포식해 보리다."

주인은 이상하게 여기고는 들어와 무당에게 말하였다.

"바깥에 손님 한 분이 있는데, 자신이 최 생원이라고 하는군요."

무당은 별안간 땅에 거꾸러졌다가 한참 만에 비로소 깨어났다. 그새 신은 떠나 버렸다. 밤이 새도록 신이 내리길 빌었지만 끝내 내리지 않았다고 한다.

● **안반고사**(安盤告辭) 굿을 할 때의 의례 가운데 하나로, 정식 본굿에 들어가기에 앞서 굿자리와 그 주변의 나쁜 기운을 내쫓으며, 정성을 다해 굿을 할 것을 신에게 고하는 의식이다.

여전히 삶의 한쪽에 자리한 존재

〈최생원전〉에서는 '귀신이 있다고 하면 있는 것이고, 없다고 하면 없는 것'이라고
말합니다. 이 문제는 문명과 과학이 발전한 지금도 풀리지 않은 숙제와 같습니다.
여러분은 어떠한가요? 사람이 죽으면 귀신이 된다는 생각은 지금도 여전히 있지 않나요?
옛이야기에는 귀신이 자주 등장합니다. 귀신이 있다고 믿는 것은 옛날이 더 강했던 것
같아요. 그래서 사람 주변에 출몰하는 귀신 말고도 특정한 장소에도 귀신이 붙어 있다고
믿었답니다. 이를테면 부엌에는 조왕신이 있고, 화장실에는 측신이 있다고 여겼지요.
그렇다면 옛이야기에 등장하는 귀신들의 종류와 귀신 이야기가 지니는 의미를 한번 짚어
볼까요?

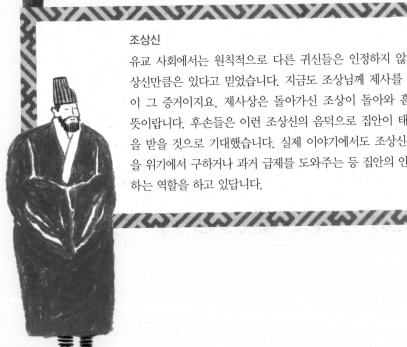

조상신

유교 사회에서는 원칙적으로 다른 귀신들은 인정하지 않았지만 조
상신만큼은 있다고 믿었습니다. 지금도 조상님께 제사를 올리는 것
이 그 증거이지요. 제사상은 돌아가신 조상이 돌아와 흠향한다는
뜻이랍니다. 후손들은 이런 조상신의 음덕으로 집안이 태평하고 복
을 받을 것으로 기대했습니다. 실제 이야기에서도 조상신은 후손들
을 위기에서 구하거나 과거 급제를 도와주는 등 집안의 안녕을 보증
하는 역할을 하고 있답니다.

역귀(역신)

예전에는 한순간에 널리 퍼지는 돌림병이 자주 발생했습
니다. 이 돌림병을 역병(疫病)이라고도 했지요. 의료 기술
이 발달하지 않았기 때문에 역병이 돌아도 이를 치료할 수 없
어 많은 사람이 죽어 나갔습니다. 그래서 당시 사람들은 이 병을 퍼
트리는 귀신이 따로 있다고 믿었답니다. 그것이 바로 역귀 또는 역신이지요. 과거에는
전쟁과 함께 가장 무서운 것이 바로 이 돌림병이었기에 역귀에 대한 이야기가 특히 많
았습니다.

원귀

원귀는 원통하게 죽은 귀신을 말합니다. 갑자기 죽거나 억울하게 죽
어 그 한을 풀지 못한 경우 원귀가 되는데, 그래서 원귀는 저승으로
돌아가지 못하고 인간 세상 주변을 떠돈다고 합니다. 이런 원귀는
산 사람에게 나타나 자신의 한을 풀어 달라며 하소연을 하거나 심
지어 해코지를 하기도 합니다. 특히 원귀는 고전소설에 자주 등장
해서 작품의 문제의식을 드러내는 역할을 했습니다. 우리가 알고 있
는 《금오신화》나 〈운영전〉, 그리고 〈장화홍련전〉 등이 원귀를 주인
공으로 한 대표적인 작품이랍니다.

잡귀

잡귀라면 잡스러운 귀신이라는 뜻이 아니라 특정
하게 분류하기 어려운 여러 귀신을 함께 부르는
용어입니다. 주로 느닷없이 출현한 귀신들로, 사람들
의 호기심을 자극하는 경우가 많았습니다. 또 귀신의 기이한
생김새나 행위 등에 주목을 했습니다. 대체로 이런 소재 이야기를
'귀신 목격담'이라고 합니다. 누구나 가지고 있는 귀신에 대한 궁금증이
이런 잡귀들을 통해 드러나고 있었던 것입니다.

혹귀담과 축귀담

귀신 이야기는 귀신 자체에 대한 관심도
관심이지만 사람들과의 관계 맺기를 통해
서 여러 가지 문제를 따지는 경향이 두드
러집니다. 이 관계 맺기는 크게 두 가지로
나눌 수 있는데, 먼저 귀신에게 홀리는 경
우입니다. 흔히 귀신이 씌었다는 말이 있
듯이 귀신이 사람의 몸에 들어오기도 하

이렇게 이야기에서 귀신과의 관계 맺기는 귀신에 대한 긍정적인 생각과 부정적인 인식이 다 드러나 있는 셈입니다. 문제는 긍정적인 귀신이든 부정적이든 귀신이든 이들 귀신은 인간 사회를 비추는 거울 같은 역할을 한다는 것입니다. 다 그런 것은 아니지만, 귀신과 대면하는 사람은 불안정한 인간의 심리 상태를 반영하고, 그 사회는 불건전하다는 것을 드러냅니다. 이때 귀신은 인간과 사회에 경종을 울리는 존재가 되며, 그럼으로써 사람들이 자신을 반성하는 계기로 작용합니다. 귀신을 단순히 흥미로운 대상으로만 본 것이 아니라 인간 사회의 한 부분으로 보고, 이를 이해하려는 의지가 이런 귀신 이야기를 만들어 낸 주요 원인이었답니다.

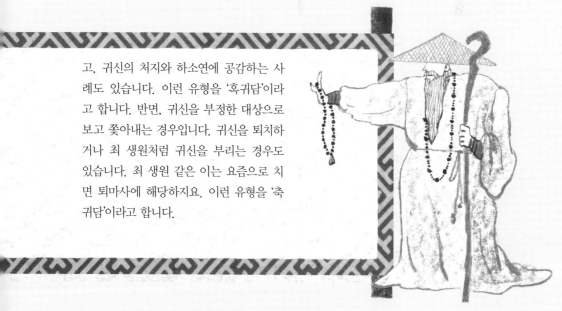

고, 귀신의 처지와 하소연에 공감하는 사례도 있습니다. 이런 유형을 '혹귀담'이라고 합니다. 반면, 귀신을 부정한 대상으로 보고 쫓아내는 경우입니다. 귀신을 퇴치하거나 최 생원처럼 귀신을 부리는 경우도 있습니다. 최 생원 같은 이는 요즘으로 치면 퇴마사에 해당하지요. 이런 유형을 '축귀담'이라고 합니다.

소외된 지식인과 조선 후기 하층민의 세계

● 사소한 글을 쓴다 하여 쫓겨난 지식인

1792년 성균관 유생이었던 이옥은 임금으로부터 '불경스럽고' '괴기한' 글을 썼다고 하여 이를 고치라는 엄명을 받습니다. 그리고 이에 대한 징계로 과거에 응시할 수 없게 되었을 뿐만 아니라 군대에 징집을 당했습니다. 원래 조선 시대 양반은 군역에서 면제되었는데, 그는 양반이었음에도 군대에 가는 운명이었던 셈입니다. 이를 '충군(充軍)'이라 합니다. 군대에 충원되었다는 뜻이지요. 이는 죄를 짓고 귀양 가는 것과 다르지 않았습니다. 이옥은 귀양살이에서 돌아온 뒤 과거에도 응시할 수 없었기에 서울 생활을 접고 고향인 경기도 남양으로 내려갔습니다. 그는 고향에서 농사를 싯고 글을 쓰다가 여생을 마쳤습니다. 결국 그는 자신의 뜻을 펴 보지 못했으며, 임금으로부터 지적받은 글만 남게 되었습니다.

그런데 임금이 불경하고 괴기하다고 한 그의 글이 사실은 일상의 사소한 것을 소재로 한 자유로운 문필 행위였습니다. 격식과 예의를 갖춰 쓴 것이 아니라 자신의 생각을 자유롭게 펼쳐 내었다는 말입니다. 과거의 글은 유학의 이념에 맞게 격식을 갖추어 써야 했습니다. 그러나 이때는 이런 격식과 사유가 싫었던 일군의 작가들이 등장하면서 문체가 많이 변하고 있었습니다. 이옥은 그 가운데 가장 뚜렷한 경향을 보였던 작가입니다. 이런 글은 지금의 수필 같은 종류로, 격식을 파괴하다 보니 그동안 담지 못했던 사소하고 일상적인 것들을 끌어들일 수 있었습니다. 이옥은 나름대로 이런 사소한 글쓰기를 통해서 그 시대에 요구되던 이념이나 규범에 저항했는지도 모릅니다. 실제로 나라에서는 이런 종류의 글이 풍속을 해친다고 하여 엄격하게 금지하고 있었으니 말입니다.

그런데 이옥의 글들을 보면 오히려 너무 사소하거나 일상적인 것들이어서 '이게 뭐가 문제일까?' 하는 의구심이 들 정도입니다. 그의 글에는 의외로 당대 사회의 문제나 정치 등에 대한 견해가 드러나 있지 않습니다. 오히려 동시대 사람들의 소소한 일상에 관심이 컸음을 알 수 있습니다. 그런데 여기에 함정이 있습니다. 일상의 소소한 부분이 그의 글을 통해서 드러남으로써 정권에서는 감추고자 한 하층민들의 현실이 드러나게 된 것이기 때문입니다. 대놓고 사회 문제를 제기하지 않았지만, 하층민들의 다양한 목소리와 그들의 억압받는 현실이 글을 통해 드러남으로써 상층을 불편하게 만들었던 것입니다.

그러면 이옥이 글에 남긴 주요 대상은 어떤 것이었을까요? 앞에서도 언급했듯이, 그는 특히 '사람들'에 대한 관심이 많았습니다. 그것도 주로 하층민 아니면 여성이었습니다. 이 책에서 소개한 여러 인물 말고도 '정절을 지킨 열녀, 의로운 하인, 벙어리 대장장이, 눈먼 가수, 거리의 악사, 바둑의 고수, 곤궁한 승려' 등 시정 주변에서 발견한 하층 인물들을 주요 글감으로 이용했습니다. 무엇보다 이옥은 여성에 대한 관심이 컸습니다. 억압받는 여성을 내세워 그들의 아픔과 원망을 진솔하게 담아냈는가 하면, 가끔은 자신이 여성이 된 것처럼 그들의 정감에 다가가기도 했습니다. 〈심생전〉의 '그녀'가 그 한 예라고 할 수 있습니다.

이옥의 또 다른 글감은 여러 동식물이었습니다. 새, 물고기, 꽃, 곡식, 과일, 채소, 나무, 풀 등 온갖 종류의 식물과 함께 짐승과 가축을 망라하여 다루었습니다. 이를테면 새의 경우도 두견새, 비둘기, 꿩, 매, 닭, 도요새, 뜸부기, 종다리, 거위, 참새, 물총새, 까마귀, 갈매기, 해오라기 등 주변에서 볼 수 있는 온갖 종류가 망라되어 있습니다. 그저 이런저런 새들이 있다는 정도에 그치지 않고 하나하나의 성향과 특징을 명확하게 제시했습니다. 이는 저자의 남다른 관심과 세심한 관찰에서 비롯되었음을 알 수 있습니다. 사물에 대한 관심 가운데 특히 흥미로운 대상은 벌레였습니다. 미물이라고 하는 벌레(또는 곤충)에 대한 관심이 커서 애벌레에서부터 나비, 모기, 거미, 지렁이, 송충이, 땅강아지, 좀벌레, 벼룩, 이 등을 비롯해 심지어 사람 몸에 기생하는 기생충까지 다루었습니다. 이 하찮은 존재들을 통해서 그는 무슨 말을 하고 싶었을까요? 미물을 통해 우리의 삶을 돌아보게 하려는 것이었겠지요. 소소한 것을 통한 깨달음이라 할 수 있을 것입니다.

● 소시민적인 삶의 모습에 다가가다

12월 27일 장날에 나는 무료하기 짝이 없어 종이창 구멍을 통해서 밖을 엿보았다. 때는 금방이라도 눈이 내릴 것 같고 구름이 짙게 깔려 밖을 잘 분간할 수 없었다. 대략 정오를 넘기고 있었다. 소와 송아지를 몰고 오는 사람, 소 두 마리를 몰고 오는 사람, 닭을 안고 오는 사람, 청어를 묶어 들고 오는 사람, 청어를 엮어 주렁주렁 드리운 채 오는 사람, 북어를 안고 오는 사람, 대구를 가지고 오는 사람, 북어를 안고 대구나 문어를 가지고 오는 사람, 잎담배를 끼고 오는 사람, 미역을 끌고 오는 사람, 섶과 땔나무를 매고 오는 사람, 누룩을 지거나 이고 오는 사람, 쌀자루를 짊어지고 오는 사람, 곶감을 안고 오는 사람, 종이 한 권을 끼고 오는 사람, 접은 종이 한 폭을 들고 오는 사람, 대광주리에 무를 담아 오는 사람, 짚신을 들고 오는 사람, 미투리를 가지고 오는 사람, 굵은 노끈을 끌고 오는 사람, 목면포로 만든 휘장을 묶어서 오는 사람, 도자기를 안고 오는 사람, 동이와 시루를 짊어지고 오는 사람, 돗자리를 끼고 오는 사람, 나뭇가지에 돼지고기를 꿰어 오는 사람, 강정과 떡을 먹고 있는 어린아이를 업고 오는 사람, 병 주둥이를 묶어 휴대하고 오는 사람, 짚으로 물건을 묶어 끌고 오는 사람, 버드나무 상자를 지고 오는 사람, 광주리를 이고 오는 사람, 바가지에 두부를 담아 오는 사람, 사발에 술과 국을 담아 조심스럽게 오는 사람, 머리에 인 채 등에 지고 오는 여자, 어깨에 무엇을 얹은 채 어린아이를 이고 오는 남자, 머리에 이고 다시 왼쪽에 물건을 낀 사람, 치마에 물건을 담고 옷섶을 잡고 오는 여자, 서로 만나

허리를 굽혀 절하는 사람, 서로 이야기를 나누는 사람, 서로 화를 내며 발끈하는 사람, 손을 잡아끌어 장난치는 남녀, 갔다가 다시 오는 사람, 왔다가 다시 가고 갔다가 또다시 바삐 돌아오는 사람, 넓은 소매에 자락이 긴 옷을 입은 사람, 저고리와 치마를 입은 사람, 좁은 소매에 자락이 긴 옷을 입은 사람, 소매가 좁고 짧으며 자락이 없는 옷을 입은 사람, 방갓에 상복을 입은 사람, 가사(袈裟)를 입은 중, 패랭이를 쓴 사람 등이 보인다.

이옥이 군대에 징집되어 현재의 경상남도 사천시에 배치되었을 때 그곳에서 지은 작품으로, 제목은 '시기(市記)'입니다. 즉 '장터에 대한 기록'이란 뜻이지요. 한겨울 그는 마침 장이 열린 날 장터 앞에 있는 방에서 밖을 엿봅니다. 예전 지방에는 5일 또는 7일에 한 번 장이 섰습니다. 지금은 이것을 시장이라고 하는데, 과거에는 '장시'라고 했습니다. 이 장시가 열리는 날에는 동네 사람들이 한곳에 모여 물건도 사고팔고 마을 소식도 주고받았습니다. 마을의 큰 행사 가운데 하나였지요. 지금도 시골에는 이런 전통이 남아 있습니다. 이옥은 종이창 구멍을 통해서 장터에 모여드는 사람들 하나하나를 묘사합니다. 들거나 지거나 끼고 온 물건들은 팔거나 산 것들이겠지요. 좌우로 오고 가는 장터의 사람들을 하나도 놓치지 않고 기록한 것 같지 않나요? 이것을 저자가 있는 방 안이 아니라 밖으로 나와 조감해 보면 한 시골의 장터 풍경이 그림처럼 펼쳐질 것입니다.

한편, 표현 수법도 흥미롭습니다. 지나치는 사람들을 쭉 나열만 하고 있습니다. 따로 무슨 평가를 내리거나 개인의 의견을 덧붙이지도 않습니다. 그런데도 이상할 정도로 해당 인물들이 잘 그려지지 않나요? 이처럼 이옥은 어떤 상황이나 현상을 열거하는 방법을 자신의 글쓰기의 한 특징으로 내세우고 있습니다. 하나하나의 개별적인 모습만 포착하는 수법이지요. 거기에 어떤 가치 판단을 하지 않은 채 말이지요. 이렇게 그는 조선 후기 서민들의 소시민적 모습을 다양한 각도에서 바라보고 있었답니다.

● 조선 후기 하층민의 세계와 소망

이옥의 글에는 조선 후기 하층민의 생활과 정경이 드러나 있습니다. 물론 이런 모습이 이옥의 글에서만 나타나는 것은 아닙니다. 많은 선비 지식인들이 하층 백성들의 모습과 고충을 이해하고 그들의 삶 속으로 들어가 아픔을 공유하려고 했습니다. 비슷한 시기에 연암 박지원이나 다산 정약용 같은 분들도 그러했습니다. 조선 후기가 되면 경제적인 변화와 하층민들의 분투가 맞물려, 끄떡없을 줄 알았던 신분 세계에 균열이 일어났습니다. 양반들은 자신들의 지위를 잃고 몰락하게 된 경우가 있었는가 하면, 평민이 양반의 자리를 사서 신분 상승을 하는 경우도 있었습니다. 이렇게 상층과 하층이 서로 자리를 바꾸게 되는 사례가 생기면서 신분적으로 불명확한 부류들이 생계를 위해 서울의 번화한 곳이나 지방의 장터 등으로 몰려들었습니다.

> 차돌을 깨는 사람이 부대에서 검은 빛깔의 차돌을 꺼냈다. 차돌은 크기가 대여섯 치쯤 되고, 굵기는 팔뚝만 하였다. 구경꾼이 모여들기를 앉아서 기다렸다가 왼손 둘째 손가락과 넷째 손가락 위에 차돌을 놓고 엄지손가락으로 차돌을 덮었다. 그런 다음 오른손 주먹으로 한 번 내리치자 차돌은 한가운데가 쩍 갈라졌다. 백 번에 한 번도 실패하지 않았다. 다른 사람이 시험 삼아 도끼나 끌로 내리쳐 봤으나 단단하여 깨뜨리질 못하였다.

이옥과 비슷한 시기를 살았던 조수삼이라는 중인층 작가가 남긴 글로, 장터에서 자신의 기술을 팔아 생계를 꾸리는 차력사에 대한 이야기입니다. 지금은 거의 없어진 직업이지만 필자가 어렸을 때만 해도 이런 차력사를 실제 장터에서 본 적이 있었습니다. 앞에서 이홍이란 사기꾼을 만난 바 있듯이 이런 사람이 많이 모이는 공간에서는 사기를 치는 사람들도 많았다고 합니다. 모든 계층의 사람들과 온갖 상품들이 모여들었기 때문에 이런저런 일들이 생겨난 것이지요.

그러다 보니 이때에는 이전에 없었던 새로운 직업도 생겨났습니다. 이를테면 사람들이 많이 모이는 곳에서 재미있는 이야기를 들려주거나 소설 등을 흥미롭게 읽어주면서 그 값을 받는 전문가가 등장했는데, 이를 '이야기꾼'이라고 합니다. 이야기를 해주는 사람과 이를 듣는 사람들 모두 대부분 하층민이었고, 이들은 이런 이야기를 매개로 하나가 될 수 있었습니다. 그리고 이 이야기에는 자신들의 세계가 들어 있었을 뿐만 아니라 그들의 바람까지 녹아 있었습니다. 그러니 그 이야기에 웃기도 하고 울기도 하며 함께 즐길 수 있었던 것이지요. 그렇다면 이들의 바람은 무엇이었을까요? 아마도 신분적으로 매이다 보니 자유로운 신분이 되기를 가장 바랐을 것입니다. 하지만 이것은 뜻대로 될 수 있는 일은 아니었습니다. 여전히 그때는 신분 사회였으니까요.

또 하나 그들이 바랐던 것은 그저 밥 굶지 않고 사는 것이었습니다. 하층민들은 삼시 세끼를 해결하기도 벅찼습니다. 자신의 논밭이나 집을 가지고 먹는 것 걱정하지 않고 살 수 있다면 더 바랄 게 없었던 시대였습니다. 그러나 이 소박한 꿈은 현실에서 그리 호락호락한 게 아니었습니다. 지금으로 치면 가진 것 없고 자기 집마저 없었던 하층민이 절대다수였기 때문입니다. 그러다 보니 이홍처럼 사기 행각을 벌이는 인물도 등장하게 된 것이지요. 한편, 이들은 자신들의 힘으로는 이를 극복할 수 없었기에 누군가의 도움을 바라기도 했습니다. 이 시기 이야기 가운데 '풍수담'이라는 것이 있습니다. 주로 조상의 묏자리나 집터를 풍수지리에 따라 명당에 잡아 부자가 되는 이야기입니다. 조상의 음덕과 풍수가 만나 개인과 가족의 안녕과 복을 기원한 것이지요. 일정 정도 미신에 기대고 있는 것이지만 당대 사람들의 소망이 이런 이야기를 만들게 된 것입니다.

물론 이런 잘살고 싶은 소망만 있었던 것은 아닙니다. 이 책에서 다룬 것처럼 남녀의 사랑이나 의로운 행실 같은 이야기도 있습니다. 하층민이지만 상층 못지않게 인간의 윤리를 실천할 수 있다는 가능성을 보여주는 셈입니다. 기본적인 의식주가 해결된다면 이들도 사회적으로 요구되는 윤리의 한 축을 담당할 수 있었던 것이지요. 오히려 상층에게 요구되던 덕목을 하층이 대신 실천함으로써 상층에 경각심을 일깨워 주기도 했습니다. 지금도 자신의 자리에서 개인과 가족, 그리고 사회를 위해 묵묵히 책무를 다하고 있는 시민이자 여러분의 가정을 책임지고 있는 부모님처럼 말입니다. 인간의 역사는 이런 서민들이 만들어 가는 것입니다.

소소한 글에 담긴 특별함은?

● 〈심생전〉에서 심생과 그녀는 담장을 사이에 두고 한 달 동안 기다림을 이어갑니다. 그 과정이 애처로우면서도 흥미롭게 그려져 있는데, 여러분은 특히 어느 장면이 가장 인상 깊은가요?

● 〈협효부전〉에는 사람과 호랑이의 감동적인 사연이 나와 있습니다. 요즈음 우리 사회는 반려동물과 지내는 게 하나의 일상이 되어 가고 있습니다. 반면, 반려동물에 대한 따가운 시선 또한 없지 않습니다. 반려동물이나 멸종 위기에 처한 동물들과 공존할 수 있는 방법이 있다면 어떤 것이 있을까요?

● 〈수칙전〉과 〈협창기문〉을 통해서 조선 시대 궁녀와 기녀의 삶을 어느 정도 알 수 있었습니다. 옛날 일반 여성들과는 또 다른 처지였던 그녀들의 모습은 자칫 곡해되기도 했습니다. 여기서도 좀 지나치다 싶은 부분들이 있습니다. 어떤 점이 그렇게 보이나요?

● 이홍이 남을 속이는 짓은 그야말로 신출귀몰합니다. 이 글에는 그가 저지른 일화 세 가지가 수록되어 있습니다. 이 중 가장 나쁜 사례는 무엇이라고 생각합니까? 또 그 이유는 무엇입니까?

◉ 〈최생원전〉에서 저자는 귀신이 있다고 하면 귀신이 있는 것이고, 귀신이 없다고 하면 귀신은 없는 것이라고 말했습니다. 여러분은 귀신이 있다고 생각하나요, 아니면 없다고 생각하나요? 어느 쪽이든 그렇게 생각하는 이유는 무엇인가요?

◉ 이 책에 실린 일곱 가지 이야기 가운에 어느 이야기가 가장 흥미로웠나요? 이는 자신이 어떤 이야기를 선호하는지 하는 성향을 파악하는 데 도움을 줍니다. 과연 여러분은 어떤 이야기가 솔깃했나요?

참고 문헌

이옥 지음, 실시학사 고전문학연구회 옮기고 엮음, 《완역 이옥전집》, 휴머니스트, 2009.

강명관, 《조선의 뒷골목 풍경》, 푸른역사, 2003.

한기형·정환국 역주, 《역주 신단공안》, 창비, 2007.

조수삼 지음, 안대회 옮김, 《추재기이》, 한겨레출판, 2010.

정환국, 〈이옥의 인간학 – 전을 대상으로〉, 《한국한문학연구》 52, 한국한문학회, 2013.

국어시간에 고전읽기 27 (이옥의 한문 소설)

심생전, 그리움에 사무쳐 죽음으로 하소연한 사랑

1판 1쇄 발행일 2019년 8월 26일
1판 2쇄 발행일 2024년 9월 2일

기획 전국국어교사모임
지은이 정환국
그린이 강혜진

발행인 김학원
발행처 (주)휴머니스트출판그룹
출판등록 제313-2007-000007호(2007년 1월 5일)
주소 (03991) 서울시 마포구 동교로23길 76(연남동)
전화 02-335-4422 **팩스** 02-334-3427
저자·독자 서비스 humanist@humanistbooks.com
홈페이지 www.humanistbooks.com
유튜브 youtube.com/user/humanistma **포스트** post.naver.com/hmcv
페이스북 facebook.com/hmcv2001 **인스타그램** @humanist_insta

편집책임 문성환 **편집** 윤무재 **디자인** 구현석 림어소시에이션 **일러스트** 강혜진
스캔·출력 이희수 com. **용지** 화인페이퍼 **인쇄** 청아디앤피 **제본** 민성사

ⓒ 정환국·강혜진, 2019

ISBN 979-11-6080-295-5 44810